KB111881

서정시 동서고금 모두 하나 5

자성의 노래

조 동 일

계명대학교, 영남대학교, 한국정신문화연구원,
서울대학교 교수, 계명대학교 석좌교수 역임.
현재 서울대학교 명예교수.
대한민국 학술원 회원.

《세계문학사의 전개》, 《세계문학사의 허실》, 《제3세계문학연구입문》, 《한국문학과 세계문학》, 《하나이면서 여럿인 동아시아문학》, 《공동어문학과 민족어문학》, 《문명권의 동질성과 이질성》, 《철학사와 문학사 둘인가 하나인가》, 《한국문학통사(1~6)》, 《문학사는 어디로》, 《조동일 창작집》, 《山山水水(조동일 화집)》 등(이상 지식산업사 간행) 저서 50여 종.

서정시 동서고금 모두 하나 5

자성의 노래

___

초판 1쇄 인쇄 2016. 11. 25.
초판 1쇄 발행 2016. 11. 30.

지은이 조 동 일
펴낸이 김 경 희
펴낸곳 내마음의 바다

본사 ● 03044, 서울시 종로구 자하문로6길 18-7
 전화 (02) 734-1978 팩스 (02) 720-7900
파주사무소 ● 10881, 경기도 파주시 광인사길 53
 전화 (031) 955-4226~7 팩스 (031) 955-4228

한글문패 내마음의 바다
영문문패 www.jisik.co.kr
전자우편 jsp@jisik.co.kr
등록번호 제 300-2003-114호
등록날짜 2003. 6. 18.

책값은 뒤표지에 있습니다.

ISBN 978-89-423-9020-5(04800)
ISBN 978-89-423-9015-1(전6권)

___

이 책을 읽고 저자에게 문의하고자 하는 이는
지식산업사 전자우편으로 연락 바랍니다.

서정시 동서고금 모두 하나 5

자성의 노래

조 동 일

내마음의 바다

차 례

제장
노래를 부르자

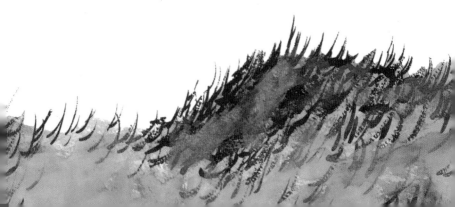

신흠(申欽), 〈노래 삼긴 사람...〉

노래 삼긴 사람 시름도 하도할사
일러 다 못 일러 불러나 푸돗던가
진실로 풀릴 것이면 나도 불러보리라

　한국 조선시대 문인 신흠은 이런 시조를 지었다. 사람이 살아가면 시름이 생긴다. 시름을 말로 일러서는 다 이를 수 없으므로 노래를 불러 푼다고 했다. 말로 이르는 것은 산문이다. 노래를 부르는 것은 시이다. 산문이 할 수 없는 일을 시가 한다고 했다.

　종장의 "나도"를 보자. 시조에서 "나는"은 불필요한 주어이지만, "나도"는 있어야 한다. 노래를 불러 시름을 푸는 것은 누구나 다 하는 일이이므로 "나도" 하겠다고 했다. 모든 사람이 시인으로 살아가므로 시인이 따로 있는 것은 아니라고 했다. 오늘날 하는 말로 설명을 달면, 시 창작이 인간의 보편적인 행위라고 했다.

이색(李穡), 〈미친 듯이 노래한다(狂吟)〉

我本靜者無紛紜
動而不止風中雲
我本通者無彼此
塞而不流井中水

水兮應物不迷於妍
雲兮無心不局於合
離自然上契天之心

我又何爲兮從容送光陰
有錢沽酒不復疑

有酒尋花何可遲
看花飲酒散白髮

好向東山弄風月

나는 본래 고요한 사람 분란함이 없으나,
움직임을 멈추지 않은 것이 바람 속 구름이라.
나는 본래 트인 사람 이편저편 없으나,
막히어 흐르지 않는 것이 우물 속의 물이라.

물은 만물을 따르며 곱고 더러운 것에 혼미하지 않고,
구름은 무심해 합하고 떠나는 것에 구애되지 않는다.
자연스럽게 하늘의 뜻과 합치되니

내 다시 어찌 조용히 세월을 보낼 것인가.
돈이 있으면 술을 사서 마시자. 어째서 주저하는가.
술이 있으면 꽃을 찾지 어째서 더딘가,
꽃 보고 술 마시고 백발을 흩날리자.

좋아라, 저 동산을 향해 가서 풍월을 읊으련다.

한국 고려시대 시인 이색은 〈미친 듯이 노래한다〉는 시에서
이렇게 말했다. 물처럼 깨끗하고, 구름처럼 막힘이 없는 자세
로 즐거운 노래를 부르겠다고 했다. 늙었어도 조용히 세월을
보내지 않고, 백발을 흩날리면서 꽃 보고, 술 마시고, 풍월을
읊겠다고 했다.

한시를 지으면서 노래를 부른다고 했다. 시는 노래임을 확인
했다. 한시를 시로 삼은 오랜 기간 동안에도 노래가 살아 있었
음을 알려준다. 조용히 머무르지 않고 구속에서 벗어나 활달
한 노래를 미친 듯이 부르는 것이 하늘의 뜻과 자연스럽게 합
치되는 행위라고 했다.

11

하이네Heinrich Heine, 〈내 마음 너무나도 괴로워Aus
meinen großen Schmerzen〉

Aus meinen großen Schmerzen
Mach' ich die kleinen Lieder;
Die heben ihr klingend Gefieder
Und flattern nach ihrem Herzen.

Sie fanden den Weg zur Trauten,
Doch kommen sie wieder und klagen,
Und klagen, und wollen nicht sagen,
Was sie im Herzen schauten.

내 마음 너무나도 괴로워
작은 노래를 지어낸다.
소리 나는 날개를 타고
노래는 님에게로 간다.

님에게로 가는 길 찾았으나,
노래는 흐느끼며 되돌아온다.
흐느끼며 말하지 않으려 한다.
님의 마음에서 무얼 보았는지.

　독일 근대 낭만주의 시인 하이네는 노래에 관한 노래를 이
렇게 지었다. 마음이 괴로우면 노래를 해야 한다. 사랑을 잃은
괴로움이 가장 크다. 사랑을 잃은 괴로움은 노래로 달래야 한
다. 모든 시인의 공통된 생각을 하이네가 대변했다.
　그 노래가 날개가 있어 임에게로 간다고 해도, 임의 마음을
움직일 수 있게 하는 것은 아니다. 노래는 노래일 따름이다.
노래가 노래 이상의 것이기를 바라면 괴로움이 더 커진다. 괴
로워서 부른 노래가 즐거울 수 있다. 이것 또한 만고불변의 이
치이다.

베르래느Paul Verlaine, 〈아주 감미로운 노래를 들어라
Ecoutez la chanson bien douce〉

Ecoutez la chanson bien douce
Qui ne pleure que pour vous plaire,
Elle est discrète, elle est légère :
Un frisson d'eau sur de la mousse !

La voix vous fut connue (et chère ?)
Mais à présent elle est voilée
Comme une veuve désolée,
Pourtant comme elle encore fière,

Et dans les longs plis de son voile,
Qui palpite aux brises d'automne.
Cache et montre au coeur qui s'étonne
La vérité comme une étoile.

Elle dit, la voix reconnue,
Que la bonté c'est notre vie,
Que de la haine et de l'envie
Rien ne reste, la mort venue.

Elle parle aussi de la gloire
D'être simple sans plus attendre,
Et de noces d'or et du tendre
Bonheur d'une paix sans victoire.

Accueillez la voix qui persiste
Dans son naïf épithalame.
Allez, rien n'est meilleur à l'âme
Que de faire une âme moins triste !

Elle est en peine et de passage,

L'âme qui souffre sans colère,
Et comme sa morale est claire !...
Ecoutez la chanson bien sage.

아주 감미로운 노래를 들어라.
그대를 즐겁게 하려는 울음이다.
은근하고 가벼운 노래가 들린다,
이끼 위로 흘러 물이 살랑이듯이.

그대가 이미 알고 가까이 지내던
그 노래가 지금은 얼굴을 가렸다.
혼자 남아 비탄에 잠긴 처지여도
아직 당당하고자 하는 과부처럼.

얼굴 가린 천의 길게 뻗은 주름으로
가을바람이 반짝이면서 불어오는데,
놀란 가슴에서 사라지고 나타난다,
반짝이는 별과 같다고나 할 진실이.

알아들을 수 있는 목소리가 들려와
우리는 착하게 살았다고 말한다.
증오도 선망도 남아 있지 않고,
이제 죽음이 닥쳐올 따름이라고.

또한 영광스러움이 무언가 말한다.
소박하게 지내면서, 황금의 결혼도
다정함도 기대하지 말아야 한다고.
승리가 없는 평화가 행복이라고.

이어지는 소리에 귀를 기울여라.
결혼 축사에서 들던 소박한 언사에.

마음을 흡족하게 하는 최상의 비결은
마음을 덜 슬프게 하는 것뿐이다.

노래는 고통을 지니고 지나간다.
분노 없이 괴로워하는 마음이여,
베풀어주려는 교훈이 분명하니,
아주 감미로운 노래를 들어라.

　프랑스 상징주의 시인 베르래느가 노래에 대한 노래를 이렇게 지었다. 말로 이어지는 시가 음악처럼 들리게 하려고, 사실에 관한 진술은 버리고 심상의 연쇄를 암시하고 환기하는 데 힘썼다. 범속한 논리에서 벗어난 오묘한 감각을 자랑하면서 작품을 이어나가 독자를 사로잡고자 했다. 산문으로 풀이하는 것은 불가능하게 하려고 했다. 한 마디 한 마디 충실하게 번역하려고 하면 원문에서 더 멀어지므로, 느낌이 음률과 함께 살아 있는 노래를 우리말로 재현하려고 애썼다.

　아주 감미로운 노래는 즐거움을 주는 울음이라고 했다. 슬픔이 기쁨이고, 기쁨이 슬픔이다. 복잡한 사연이 오묘하게 얽혀 있어 노래가 갖가지 생각을 하게 한다고 여러 말로 일렀다. 화려한 과거를 잃고 슬픔에 잠긴 과부의 처지를 생각하게 하다가, 죽음이 다가온다고 했다. 지나친 것을 기대하지 않고 무엇이든지 조용하게 받아들이는 것이 기쁨이고 행복이라고 했다. 시와 음악 양면에서 노래가 무엇인지 최상의 식견과 표현을 갖추어 규정하고자 했다.

지브란Kahlil Gibran, 〈영혼의 노래Song Of The Soul〉

In the depth of my soul there is
A wordless song – a song that lives
In the seed of my heart.

It refuses to melt with ink on
Parchment; it engulfs my affection
In a transparent cloak and flows,
But not upon my lips.

How can I sigh it? I fear it may
Mingle with earthly ether;
To whom shall I sing it? It dwells
In the house of my soul, in fear of
Harsh ears.

When I look into my inner eyes
I see the shadow of its shadow;
When I touch my fingertips
I feel its vibrations.

The deeds of my hands heed its
Presence as a lake must reflect
The glittering stars; my tears
Reveal it, as bright drops of dew
Reveal the secret of a withering rose.

It is a song composed by contemplation,
And published by silence,
And shunned by clamor,
And folded by truth,
And repeated by dreams,
And understood by love,
And hidden by awakening,
And sung by the soul.

It is the song of love;
What Cain or Esau could sing it?

It is more fragrant than jasmine;

What voice could enslave it?

It is heartbound, as a virgin's secret;
What string could quiver it?

Who dares unite the roar of the sea
And the singing of the nightingale?
Who dares compare the shrieking tempest
To the sigh of an infant?
Who dares speak aloud the words
Intended for the heart to speak?
What human dares sing in voice
The song of God?

내 영혼 속 깊은 곳에
말이 없는 노래가 있다.
노래가 내 가슴의 씨앗에 산다.
그 노래는 잉크에다 녹여
양피지에 쓸 수 없다.
내 애정을 투명한 망토로 싸고
흘러가는 것을 입술에 담을 수 없다.

그것을 어떻게 내뱉을까?
지구의 기운과 섞일까 두렵다.
누구에게 들려줄까?
내 영혼의 집 속에 머물러 있고
성가신 귀를 두려워하는 노래를.

내면의 눈을 들여다보면
그 그림자의 그림자가 보인다.
손가락 끝을 대보면
떨림을 감지할 수 있다.

조심스럽게 손짓을 하면서
호수가 반짝이는 별빛을 반사하는 듯이 한다.
눈물을 흘려 나타내면서
영롱한 이슬방울이
시드는 장미의 비밀을 나타내는 듯이 한다.

노래를 명상으로 짜서 만들어,
침묵으로 나타내고,
소란을 피하고,
진리에다 포개고,
꿈으로 반복하고,
사랑으로 이해하고,
깨어남으로 숨기고,
영혼으로 노래한다.

그것은 사랑의 노래이다.
카인이나 에서가 부를 수 있었을까?

그것은 재스민보다 향기롭다.
어떤 목소리로 사로잡을 수 있을까?

그것은 처녀의 비밀처럼 마음에 싸여 있다.
어떤 현악기로 울려낼 수 있을까?

누가 감히 바다의 울부짖음과
꾀꼬리의 노래를 합칠 것인가?
누가 감히 태풍의 비명 소리를
아기의 숨결에다 견줄 것인가?
누가 감히 이 말 저 말 마구 떠들어
마음이 말을 하라고 할 것인가?

누가 감히 소리 내서 부를 것인가,
신의 노래를?

지브란은 레바논에서 미국으로 이주해 아랍어와 영어 두 언어로 작품을 쓰는 저술가이다. 인생의 근본 문제에 대한 종교적인 명상시집 《예언자》(The Prophet)를 영어로 써내 많은 독자를 얻었다. 여기 든 것은 영어로 써서 별도로 발표한 시이다.

사람의 영혼 속 깊은 곳에 노래가 있다고 했다. 그 노래가 마음의 씨앗에서 산다고 했다. 그 노래는 글로 쓸 수도 없고, 아무에게나 들려줄 수 없다고 했다. 카인(Cain)과 에서(Esau)는 기독교 성서에 나오는 이른 시기 인류이다. 마음속의 노래는 이른 시기 인류라도 소리 내서 부르지는 못했을 것이라고 했다.

힌두교에서 마음속에 신이 있고, 누구나 불성(佛性)을 지니고 있다고 했듯이, 사람에게는 영혼의 노래가 있다고 했다. 순수하고 고결한 영혼의 노래를 간직하고 있는 줄 알아야 한다고 했다. 그런데 노래를 간직하고 있다고만 하고 부른다고는 하지 않아, 간직해서 무슨 소용이 있는가? 말이 없는 노래를 말하지 않으면서 부른다고 하고, 귀로 듣지 않고 마음으로 듣는 노래가 더욱 소중하다고 이해해야 하는가? 이런 의문이 생긴다.

제2장
시란 무엇인가

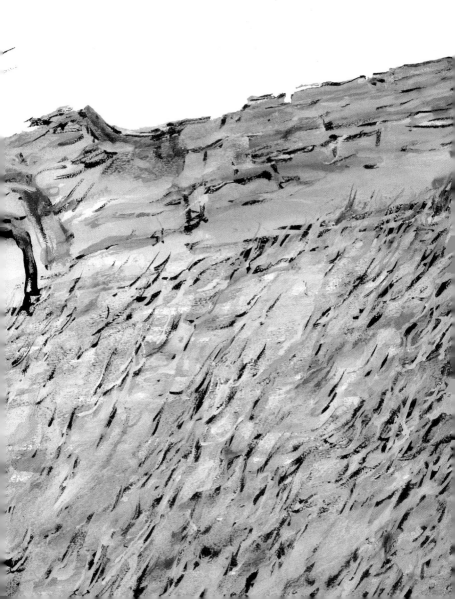

고창수, 〈시론(詩論)〉

참참한 새둥지 속에 넣은 손에
파닥거리던 새의 날개처럼
따뜻하던 그 가슴처럼
꼬물거리던 그 발처럼
우리 손에 만져질
시의 가락은 없을까.
그대로 손에 쥐어
푸른 하늘로 날려보내고
오래오래 뉘우칠
시의 가락은 없을까.

　한국 현대시인 고창수는 시에 관해 이렇게 말했다. 시는 캄
캄한 새둥지 속에 손을 넣으니 파닥거리는 어린 새와 같다. 시
는 새와 같아서 시인이 떠나보내면 돌아오지 않고 뉘우침만 남
긴다. 새에다 견주어 시의 두 가지 특징을 밝혔다.

　앞에서는 미묘한 느낌을 주는 생명체이며, 함부로 다루면 손
상된다고 했다. 뒤의 말에서는 시는 영원히 미완성이므로 시
인이 쥐고 있지 말고, 아무리 아쉬워도 독자들에게 내놓아 그
자체의 생명을 누리도록 해야 한다고 했다. 시를 시인의 독점
물로 여기지 않아야 하고, 시가 완전해지기를 바라지 말아야
한다고 했다.

아우스랜더Rose Ausländer, 〈신비스러움Mysterium〉

Die Seele der Dinge
läßt mich ahnen
die Eigenheiten
unendlicher Welten

Beklommen
such ich das Antlitz
eines jeden Dinges
und finde in jedem
ein Mysterium

Geheimnisse reden zu mir
eine lebendige Sprache

Ich höre das Herz des Himmels
pochen
in meinem Herzen

사물들의 혼이
나에게 예감하게 한다,
무한한 세상의
진기함을.

설레면서
나는 모든 사물의
모습을 찾고,
어디서든지
신비로움을 발견한다.

갖가지 비밀이
살아 있는 언어를 말한다.

나는 듣고 있다.
하늘의 심장이 뛰는 소리를
내 심장에서.

독일어로 창작한 유태인 여성시인이다. 본명은 쉐르쩌

(Rosalie Beatrice Scherzer)인데 '이방인'이라는 뜻의 아우스 랜더라는 필명을 사용한다. 여러 나라를 떠돌아다니며 소속이 없는 이방인으로 일생을 보내면서 시를 썼다.

이방인인 내력을 알기 위해 생애를 밝힐 필요가 있다. 1907년 우크라이나 체르노비츠(Czernowitz)에서 태어났다. 1917년 러시아군이 그 곳을 점령하기 전에 부카레스트로 피하고, 비인으로 갔다. 1921년에 미국에 머무르는 동안 얻은 미국 시민권을 박탈당했다. 고향으로 돌아갔다가 미국 첩자라고 소련군에 체포되었다. 1946년에는 미국으로 이주했다가 1965년부터는 독일에서 거주하고 1988년에 세상을 떠났다.

이 작품에서는 생애가 고달프다는 말은 하지 않고, 시가 무엇인가에 대한 내면의 깨달음을 말하기만 했다. 시는 사물들의 모습에서 찾는 혼이고, 하늘의 심장이 자기 심장에서 뛰는 소리라고 했다.

휠덜린 Friedlich Hölderin, 〈시인의 사명 Dichterberuf〉

Des Ganges Ufer hörten des Freudengotts
Triumph, als allerobernd vom Indus her
Der junge Bacchus kam mit heilgem
Weine vom Schlafe die Völker weckend.

Und du, des Tages Engel! erweckst sie nicht,
Die jetzt noch schlafen? gib die Gesetze, gib
Uns Leben, siege, Meister, du nur
Hast der Eroberung Recht, wie Bacchus.

Nicht, was wohl sonst des Menschen Geschick und Sorg'
Im Haus und unter offenem Himmel ist,
Wenn edler, denn das Wild, der Mann sich
Wehret und nährt! denn es gilt ein anders,

Zu Sorg' und Dienst den Dichtenden anvertraut!
Der Höchste, der ists, dem wir geeignet sind
Daß näher, immerneu besungen
Ihn die befreundete Brust vernehme.

Und dennoch, o ihr Himmlischen all und all
Ihr Quellen und ihr Ufer und Hain' und Höhn
Wo wunderbar zuerst, als du die
Locken ergriffen, und unvergeßlich

Der unverhoffte Genius über uns
Der schöpferische, göttliche kam, daß stumm
Der Sinn uns ward und, wie vom
Strahle gerührt das Gebein erbebte,

Ihr ruhelosen Taten in weiter Welt!
Ihr Schicksalstag', ihr reißenden, wenn der Gott
Stillsinnend lenkt, wohin zorntrunken
Ihn die gigantischen Rosse bringen,

Euch sollten wir verschweigen, und wenn in uns
Vom stetigstillen Jahre der Wohllaut tönt
So sollt' es klingen, gleich als hätte
Mutig und müßig ein Kind des Meisters

Geweihte, reine Saiten im Scherz gerührt?
Und darum hast du, Dichter! des Orients
Propheten und den Griechensang und
Neulich die Donner gehört, damit du

Den Geist zu Diensten brauchst und die Gegenwart
Des Guten übereilest, in Spott, und den Albernen
Verleugnest, herzlos, und zum Spiele
Feil, wie gefangenes Wild, ihn treibest.

Bis aufgereizt vom Stachel im Grimme der
Des Ursprungs sich erinnert und ruft, daß selbst
Der Meister kommt, dann unter heißen
Todesgeschossen entseelt dich lässet.

Zu lang ist alles Göttliche dienstbar schon
Und alle Himmelskräfte verscherzt, verbraucht
Die Gütigen, zur Lust, danklos, ein
Schlaues Geschlecht und zu kennen wähnt es

Wenn ihnen der Erhabne den Acker baut
Das Tagslicht und den Donnerer, und es späht
Das Sehrohr wohl sie all und zählt und
Nennet mit Namen des Himmels Sterne

Der Vater aber decket mit heilger Nacht,
Damit wir bleiben mögen, die Augen zu.
Nicht liebt er Wildes! doch es zwinget
Nimmer die weite Gewalt den Himmel.

Noch ists auch gut, zu weise zu sein. Ihn kennt
Der Dank. Doch nicht behält er es leicht allein,
Und gern gesellt, damit verstehn sie
Helfen, zu anderen sich ein Dichter.

Furchtlos bleibt aber, so er es muß, der Mann
Einsam vor Gott, es schützet die Einfalt ihn,
Und keiner Waffen brauchts und keiner
Listen, so lange, bis Gottes Fehl hilft.

갠지스 강변이 들었다. 환희의 신이
이룩한 승리를, 젊은 바커스 신이
인더스 강을 떠나 이곳으로 오면서
신성한 술로 잠자는 사람들을 깨운 것을.

26

오늘날의 천사여, 잠을 깨우지 않으려나?
법칙을 마련하고, 생명을 주고, 승리하라.
거장이시여, 오직 그대만이 바커스처럼
정복할 수 있는 권능을 지니고 있다.

인간의 운명이니 근심이니 하는 것이
집 안팎에서 그리 대단하지 않다지만,
금수보다도 고귀하다는 인간에게는
일하고 먹는 것보다 다른 일이 더욱 값지다.

근심하고 봉사하는 임무를 맡은 시인,
우리가 의지할 수 있는 높은 분이시여,
더 가까이서, 언제나 새로운 노래를 부르면서
당신에게서 가슴 고동의 다정한 소리를 듣는다.

그러나 천상에 있는 모든 것들이여,
그대 샘물, 언덕, 숲, 봉우리들이여,
그대들이 내 머리카락을 부여잡아
놀라운 충격을 받은 것 잊지 못한다.

듣도 보도 못한 혼령이 우리에게로,
무얼 만들어내는 귀신이 와서 덮쳐,
우리의 오감이 마비되어 멈추게 하고,
벼락이 뼛속까지 내리친 것 같게 한다.

그대들 거대한 세계의 끊임없는 행위여,
그대들 운명적으로 격동하는 나날이여,
신은 묵묵히 생각에 잠겨, 노여움에 취한
거대한 말떼를 그대들에게 달래게 한다.

그대들에게 우리는 반응이 없어야 하는가.

여러 해 침묵해온 화음이 마음속에서 울리면,
소리를 내야 한다. 거장 음악가의 아이가
두려워하지 않고 장난삼아 소리를 내듯이.

신성하고 순수한 현악기에 장난으로 손대고,
그 때문에 너희들 시인은 듣지 않았나?
동양 예언자들이 하는 말, 그리스의 노래,
근래에는 자연에서 울리는 천둥소리를.

직분의 정신을 자기 마음대로 이용하고,
선량함이 나타나 있는 것을 우롱하고.
순수한 정신을 가차 없이 부정하고 놀이삼아
흥정할 것인가, 사로잡힌 들짐승처럼?

분노의 가시에 찔리기 전에 근원이
기억을 되살려내고 구원을 요청한다.
주인이 몸소 와서 너희들을 혼낼 것이다
뜨거운 죽음의 수레로 깔아뭉개서.

너무나도 오랫동안 신에 관한 모든 것,
하늘의 권능에 관한 것이 헛되게 소모되었다.
선량하다고 말하던 것들을 교활한 족속이
아무 생각 없이 함부로 향락하고 말았다.

그대들이 일하라고 밭을 일구어주면
날이 빛나고 천둥치는 것만 안다 하고,
망원경으로 멀리 하늘을 쳐다보고
별들을 헤아리고 이름 지을 것이다.

아버지가 그대들을 성스러운 밤으로 감싸시어,
우리도 눈을 뜨고 이 세상에 머무른다.

28

아버지는 거친 것을 좋아하지 않으신다.
넓은 힘으로 하늘을 감싸지 못하게 한다.

너무 현명하게 구는 것은 좋지 않다.
우리가 감사하는 것을 아버지가 알고 있다.
시인이 홀로 감사함을 담아내기 쉽지 않아
다른 사람들과 어울려 도움을 받는다.

그러나 시인은 홀로 하느님 앞에 서도
두려움이 없다. 단순함이 보호해주니,
어떤 무기나 지략도 필요하지 않다.
하느님의 부재가 시인을 돕고 있으므로.

　독일 낭만주의 시인 횔덜린은 시인의 사명에 관해 이런 시를 지었다. 복잡한 생각을 까다로운 말로 나타내 난삽하게 된 시여서, 읽기 힘들고 번역하기 난감하다. 국역(장영태, 《궁핍한 시대의 시인은 무엇을 위하여 사는가》, 서울: 유로서적, 2012)과 영역(인터넷에 올라 있는 Maxine Chernoff and Paul Hoover의 번역)이 있으나 둘 다 원문에 충실하지 않아 서로 많이 다르면서 이해하기 어렵다. 내 나름대로 의역을 해 무엇을 말하는지 짐작할 수 있게 하려고 했다.

　"환희의 신"이 바커스이다. 포도주를 관장하고 환희를 가져다주는 바커스 신이 바커스가 인도 인더스 강에서 갠지스 강으로, 다시 인도에서 그리스로 오면서 미개한 사람들을 잠에서 깨웠다고 한다. 그것이 시인이 할 일과 같다고 해서 먼저 들었다. "오늘날의 천사"는 시인이다. "거장"도 시인에게 하는 말이다.

　"천상에 있는 모든 것들", "샘물, 언덕, 숲, 봉우리들"은 시의 세계이고, 시에서 재인식하는 자연이다. 앞에 "그러나"라는 말을 붙여 시인과 무관하게 자연 자체와 만난다고 여긴다고 했다. "머리카락을 부여잡은"은 하늘로 끌어올리는 행위이다. 경이로움이 사람을 하늘로 끌어올리는 것 같은 충격을 준다는 말로 이해된다.

"듣도 보도 못한 혼령이 우리에게로,/ 무얼 만들어내는 귀신이 와서 덮쳐,/ 우리의 오감이 마비되어 멈추게 하고,/ 벼락이 뼛속까지 내리친 것 같게 한다."는 대목에서 시가 주는 충격을 말했다. 이 정도로 의역을 하면 선명하게 이해된다. "예상치 않은 정령, 창조적이며 신적인 자/ 우리에게도 넘어왔으니. 우리의/ 감각은 침묵하였고 마치 빗살에 얻어맞은 것처럼 사지는 떨렸었노라"고 번역하면(장영태, 269쪽), 원문에 충실한지 의문이고, 무슨 뜻인지 알기 어렵다. 영역에서는 "Our imaginations overcame us/ Like a god, silencing our senses,/ And left us struck as if by lightning/ Down to our trembling bones"라고 의역을 해서 이해하기 쉽지만, 다가온 것이 "Our imaginations"라고 해서 의미를 곡해하고 훼손했다. "노여움에 취한 거대한 말떼"는 시가 주는 격동적인 느낌이다.

그 다음 연도 설명이 필요하다. "그대들"이라고 한 시의 울림이 다가와 자연스러운 반응이 나타나 "여러 해 침묵해온 화음이 마음속에서 울리면", "거장 음악가의 아이가" 자기 아버지가 하는 것을 의식하지 않고서도 흉내내 "두려워하지 않고 장난삼아 소리를 내듯이" 소리를 내야 한다고 했다. 자연의 울림 자체인 시와 사람이 지어내는 시의 관계에 관한 말이다.

"신성하고 순수한 현악기에 장난으로 손대"는 것이 창작 행위이다. 그 모범을 동양 예언자들의 말이나 그리스의 노래에서 배우고, 시대가 지나간 지금에는 천둥소리에서 본받는다고 했다. 그 다음 대목에서는 "사로잡힌 들짐승"처럼 무엇이든지 장난산아 깨물어대고 아무것도 대단하게 여기지 않는 반역이 시인이 하는 일인가 물었다.

시는 파괴이고 광란인가? 아니다. 질서이고 조화를 근원으로 하는데 잘못 변해서 가시로 찌르는 것 같은 해를 끼친다.

이런 생각을 가지고 다음 연을 썼다. 시가 질서이고 조화이게 하는 근원을 보장하는 주인 아폴로(Apollo) 신이 위기가 닥쳤다는 말을 듣고 분노해 달려와 죽음의 수레로 깔아뭉개 혼낼 것이라고 했다.

밭에서 농사를 지으면서 날씨 변화에 감사하고 하늘을 쳐다보며 별을 헤고 이름 짓는 농부와 같이 착실한 자세를 시인이 다시 지녀야 한다고 했다. 일탈을 막기 위해 창조를 포기하자는 것이 아닌지 의심이 든다. 사제가 할 일을 시인이 한다는 말인가?

다음 대목에서는 하느님 "아버지"가 나타났다. 하느님을 얌전하게 섬기고 따르는 것이 시인이 할 일이라고, 하느님에 대해 감사하는 것이 시인의 임무라고 했다. 끝으로 "하느님의 부재가 시인을 돕고 있"다고 했다. 하느님이 모습을 나타내지 않으므로 시인이 하느님을 알리는 임무를 맡는다는 말인가? 하느님이 부재해도 시인은 흔들리지 않는다는 말인가?

사제자가 할 일을 시인이 한다는 말인가 하고 앞에서 물었다. 이에 대해 대답할 단서가 있다. 사제자는 하느님이 존재한다고 하고, 하느님이 하는 말을 사람에게 전하고 사람이 하는 말을 하느님에게 전한다. 시인은 하느님이 부재하므로 시인 노릇을 한다. 하느님이 부재해 이루어지지 않는 하느님과 사람 사이의 소통을 시를 지어 대신한다. 그래서 하느님에 관한 특정의 교리를 넘어선다. 하느님이라고 생각되는 대상과 소통할 만한 수준의 언어 창조물을 만들어내는 것이 시인의 임무이다.

이렇게 이해하면 횔덜린의 견해를 받아들일 수 있다. "하느님의 부재"(Gottes Fehl)라는 말 한마디가 시를 살렸다. "Fehl"은 "결함, 결핍"이라는 말인데, "부재"라고 옮겼다. 하느님이 존재하면서 결함이나 결핍을 지닌다는 것은 말이 되지 않는다. 하느님의 부재가 사람에게 결함이고 결핍이라고 해야 한다. 하느님이 부재하므로, 사제자와는 다른 시인이 할 일이 있다고 결말을 맺었다. 그러나 앞에서 하느님이 나서서 무어라고 한다고 한 말이 너무 장황하고 "부재"와 맞지 않는다.

하느님의 부재와 시인의 관계에 관해서 필요한 논의를 한참 전개했어야 한다. 말 많은 시인이 끝에서는 말을 너무 줄여 시가 더 좋아질 수 없게 했다. 그러나 횔덜린이 하지 못한 일을 다른 많은 시인이 한다.

김후란, 〈시인의 가슴에 심은 나무는〉

시인의 가슴에
심은 나무는
산수유 마을에선
노란 산수유 꽃으로 피고
매화마을에서는
뽀얀 매화꽃으로 피네

허공 가로질러 날아가던 새가
잠시 아주 잠시
깃을 접고 쉬어가고
피어나는 잎사귀마다
그리운 이름이 적혀 있는

시인들은 저마다
다른 나무를 키우면서
저마다 잘생긴 나무로 키우면서

밤이 깊어지면
나무 한 그루씩 품어 안고
길을 떠나네
맨발로 먼 길을 떠나네.

한국 현대시인 김후란이 시인에 관해 이렇게 말했다. 시인은 각기 자기 나름대로 나무를 하나씩 키우면서 밤이 깊어지면 맨발로 먼 길을 떠난다고 했다. 나무는 소망을 구체화한 창작품이다. 밤이 깊어진다는 것은 시련이 닥친다는 말이다.

시인은 소망을 구체화한 창작품으로 시련을 이기고자 해서, 다른 아무것도 더 가진 것이 없으면서 먼 길을 떠난다고 했다. 먼 길은 길이가 길고, 오래 가야 하고, 언제 끝날지 모르는 길이다. 시인은 자신에 찬 모험가라고 했다.

사파르Walter William Safar, 〈시에 바치는 송가Ode To Poetry〉

POETRY is the entangler of rainbows
in the sky,
what is created by imagination
untamed in the end
the whisper of a strong spirit in the alley of immortality;
POETRY is an eternal shadow
on the stage
of Life
what is created by the faithful servant of eternity;
POETRY is a magic
fairy tale
in the visionary eye;
POETRY is blessed water
which is used to wash the conscience
of mankind.

시는 하늘에서
무지개를 교란하는 녀석.
끝까지 길들여지지 않는

상상의 산물
부도덕의 골목에서 강력한 정신으로 속삭이는 녀석;
시는 인생
무대 위의
영원한 그림자.
영원을 섬기는 충실한 종이 지어낸 것;
시는 마술
동화
보이는 사람의 눈에만 들어오는.
시는 축복의 물
인류의
의식을 정화하는 데 쓰는.

   현대 미국시인 사파르는 시를 이렇게 규정했다. 대문자로만
쓴 "POETRY"라는 말이 네 번 나와 크고 굵은 글자 "**시**"라고
옮겼다. 시가 무엇을 하는지 네 가지로 말했다. 첫째, 질서를
교란하고 도덕을 무시하는 상상의 산물이라고 했다. 둘째, 인
생 자체가 아니고 인생의 무대에 드리운 그림자이면서 영원한
것을 위해 봉사한다고 했다. 셋째, 보이는 사람의 눈에만 들어
오는 마술이고 동화라고 했다. 넷째, 인류의 의식을 정화하는
데 쓰는 축복의 물이라고 했다.

   쉬운 말로 간추리고 재론해 보자. 시는 반역의 창조물이다.
시는 주어진 인생을 그대로 받아들이지 않고 영원을 희구한
다. 시는 이해하는 사람만 알 수 있는 별세계이다. 이 세 가지
말로 시의 특수성을 말하고, 마지막 대목에서는 시는 인류의
의식을 정화하는 데 쓰는 축복의 물이므로 보편적인 의의가 있
다고 했다. 당언하나고 할 수 있으나, 특수성이 어째서 보편성
인지 해명하려고 하지 않았다.

쉬페르빌Jules Superville, 〈어느 시인Un poète〉

Je ne vais pas toujours seul au fond de moi-même
Et j'entraîne avec moi plus d'un être vivant.
Ceux qui seront entrés dans mes froides cavernes
Sont-ils sûrs d'en sortir même pour un moment ?
J'entasse dans ma nuit, comme un vaisseau qui sombre,
Pêle-mêle, les passagers et les marins,
Et j'éteins la lumière aux yeux, dans les cabines,
Je me fais des amis des grandes profondeurs.

나는 언제나 내 자신의 깊은 곳으로 홀로 들어가지 않는다.
그래서 나는 살아 있는 것을 하나 이상 나와 함께 데리고
　간다.
나의 차가운 동굴에 들어간 이들이
거기서 잠시라도 빠져나올 수 있다고 자신하는가?
나는 나의 밤에다가 침몰하는 배처럼
닥치는 대로 승객과 선원들을 싣는다.
그리고 나는 눈의 불을 끄고, 선실 안에서
위대하고 오묘한 것들을 벗으로 삼는다.

　쉬페르빌은 우르과이에서 태어나 일찍 부모를 잃고 고독하
게 자라나, 공부하러 간 프랑스에 정착해 프랑스 현대시인으
로 높은 평가를 얻었다. 내면의식에서 키운 시를 친근한 말로
나타내, 쉽게 다가가 공감을 얻을 수 있게 했다. 시인은 무엇
을 하는지 말하는 이런 시를 지었다.
　시를 창작하는 자기 내면을 "깊은 곳", "차가운 동굴", "불을
끈" "선실 안"이라고 했다. 서정시는 세계의 자아화이다. "살
아 있는 것", "승객과 선원들"이라고 하는 자기 밖의 세계를
내면으로 끌어들여, 원래대로 살아 있지 않고, 익사해 가라앉
게 해야 자아화가 이루어진다.

자아화된 세계는 원상복귀가 불가능하므로 "잠시라도 빠져나올 수" 없다고 했다. 어떤 세계든지 자아화해 "위대하고 오묘한 것들"로 만들어 데리고 노는 시인은 아무도 말리지 못하는 납치범이다. 비관하고 자책할 이유가 없다. 니체가 광대짓거리라고 한 것을 진지하게 여기고 자랑하는 시를 썼다.

이성부, 〈시〉

생각을 깊게 하고
언어를 섬세하게 어루만져야
모두 시가 되는 것은 아니다.
함부로 말을 주무르거나 천하게 다루거나
강간을 해도 시는 태어난다.
그것이 우리의 시가 살아갈 험한 세상이다.
우리가 무엇을 옳게 따져서
무엇 하나 옳게 만들어지는 것이 있더냐.
시는 실패해도 완성이다.
시는 갈보로 누워도 칼을 집는다.
천하고 헤픈 웃음 벌여도
천하고 헤픈 웃음 벌여도,
한번은 너를 찍고 나를 찍는다.
마포(麻布)처럼
밟아야 살아나는 보리 이랑처럼.

한국 현대시인 이성부는 시가 무엇인지 해명하는 시를 이렇게 지었다. 시는 고귀하게 행세하려고 하지 말고 자세를 낮추어 무엇이든지 해야 한다고 했다. 험한 세상에서 핍박을 받는 사람들을 대변하고 옹호하려면 같은 위치에서 함께 시련을 겪어야 한다고 했다.

"시는 실패해도 완성이다"라는 것은 놀라운 말이다. 시가 잘

다듬어 완성되는 것을 기대하지 말고, 무엇을 해야 하는지 생
각하라는 말이다. 억압을 이겨내고 세상을 바로잡고자 하는
노력이 결과를 보장하지 못해도 임무의 자각 자체가 성공이라
고 해야 한다고 했다. "시는 갈보로 누워도 칼을 집는다"는 것
은 더욱 놀라운 말이다. 몸을 미천하게 돌리면서 벌어먹는 사
람들을 위한 시는 시련에서 단련되어 박해에 맞서는 항거를 다
짐한다고 했다.

　그 다음 대목에서는 "시는 갈보로 누워도"를 "천하고 헤픈
웃음 벌여도"로, "칼을 집는다"를 "한번은 너를 찍고 나를 찍
는다"로 이어받았다. "너"는 누구이고, "나"는 누구인가? "찍
는다"가 "마포(麻布)처럼/ 밟아야 살아나는 보리 이랑처럼"에
걸리니, 억압자와 맞서서 싸우기 전에, 너와 나를 편의상 갈라
놓고 칼 쓰기 연습을 하는 과정을 말한 것 같다. 시련을 거쳐
야 강해진다는 다짐을 결말로 삼았다. 이것은 〈유배시집(流配
詩集) 5 나〉에서 자기를 나무란 것과 맞물려 있다.

천양희, 〈시인이 시인에게〉

시인으로 사는 삶의 고통을
백지의 공포라고 말한 시인에게
소외가 길을 만드는지
햇살 속으로 망명하고 싶다던 시인에게
잘못 든 길이 지도를 만든다던 시인에게
운명을 걸지 않았다면
돈도 밥도 안 되는 시에
순정을 바치지 않았을 것이라던 시인에게
멱라수에 빠져 죽은
굴원의 굴욕을 생각한다던 시인에게
모래를 게으른 평화라고 말하던 시인에게
먼 눈송이와 가까운 눈송이가 폭설을 이룬다던 시인에게

조용한 일이 고마운 일이라던 시인에게
잠들기 전에 다소간의 눈물을 흘린다던 시인에게
고통은 누구도 대신할 수 없으므로
위대하다던 시인에게

나는 쓴다

울분을 함께 나눠가지면 안되겠습니까?

한국 현대시인 천양희는 시인에 대해 이렇게 말했다. 시인이
어떤 생각을 하고 시를 쓰는지 갖가지 사례를 들어 시의 내력
과 변천을 살렸다. 그 모두를 합쳐 말하면 "울분"이라고 했다.
그 울분을 나누어 가지고 싶어 자기도 시를 쓴다고 했다.

임동확, 〈시인들〉

고작 필멸의 나부랭이일 뿐인 자들이 겁도 없이 불멸을
　　　노래하며 함량미달의 시구를 대리석에, 동판에
　　　새기는 꼴불견들이라니!

욕심쟁이로 치면야 어찌 시인들만 하랴. 알고 보면, 허나
　　　그 야심이라는게 고작해야 나타나는 찰나 사라지
　　　는 추억이거나 열리자마자 닫혀버린 닫혀버린 문
　　　과도 같은 순간들에 대한 맹목. 혹은 살아 숨쉬는
　　　영원의 심장을 붙잡을 욕심에 그만 제 발 밑의 수
　　　렁을 보지 못한 자들의 조급증과도 같은 거.
모든 이들의 생이란 그 속에서 한낱 저들의 의지에 따라
　　　솟구치거나 꺼져가는 불길에 지나지 않을지도 모
　　　른다.

그렇더라도 이 지상에 존재했음을 입증하고자 어디선가
지금도 종이 대신 비면(碑面)을, 연필 대신 강철
끝을 손에 들고 마구 설치는 꼴이라니!

어리석음과 과잉으로 치면야 그 누가 시인들을 따라가
랴. 돌이쳐보면, 하지만 누구든지 여지없이 곧잘
하강하거나 상승하는 그들의 꿈의 완력에 붙들
려 있는 포로 신세.

신대륙에 상륙한 스페인 정복자들처럼 안하무인이되 남
이 아니라, 오로지 자신을 향해 용감하게 총을 겨
누고 칼끝을 세워 검은 중력의 뒤꿈치를 박차고
비상의 날개를 치쳐들려는 좀도둑들을 결코 미워
할 수 없다.

    한국 현대시인 임동확은 시인에 관한 시를 이렇게 지었다.
시인은 영원에 이르려는 불가능한 희구를 한다고 시비했다. 시
에서 영원을 추구하고, 자기 작품이 영원하기를 바라는 이중의
잘못을 저지른다고 나무랐다. 시인은 "꿈의 완력"으로 사람들
을 사로잡아 포로의 신세가 되게 한다고 빈정대고 개탄했다.
    그런데도 시인이 위를 쳐다보고, 위로 올라가려고 하는 것은
스스로 선택한 자해행위이므로 미워할 수는 없다고 했다. 시
인을 "꼴불견"에서 "좀도둑"까지 여러 험한 말을 들어 나무란
것이 시인이 무엇을 하는지 알리기 위한 반어이다. 주어진 삶
의 조건을 거부하면서 "검은 중력의 뒤꿈치를 박차고 비상의
날개를 치켜들려는" 시인의 반역은 경탄을 자아낸다.

김영환, 〈시〉

시는 자운영 피던 봄날
아지랑이 적시며 고향 등지고
전자조립공 벌써 삼년
잔업 마친 영숙이가
모두들 곯아떨어진 기숙사 구석에서
하얗게 들여다보는
빛바랜 가족사진이다

시는 구로동 술집 골목 미스 정
— 아저씨 한 잔 하고 가세요
헤픈 웃음 팔다가 몸 팔다가
화장실에서 남몰래 꺼내 읽고 또 읽는
어머니 편지다

시는
대성철공소 선반공 김씨
퇴근길에 동료들과 대포 한 잔 걸치고
억척스러운 마누라 꽃무늬 세타
제비새끼 같은 자식들
과자라도 한 봉 쥐어줄 수 있는
얄팍해도 노동의 땀 배어 가슴 벅찬
노란색 월급봉투다

그리고 시는
더 이상 못 참겠다 떨쳐 일어나
머리마다 질끈 '노동해방' 띠를 두르고
풀무처럼 뜨겁게 쇠처럼 단단하게
어깨동무하는 노동자들

그 앞에 드높이 치쳐 올려진
파업의 깃발이다
해방의 깃발이다

　한국 현대시인 김영환은 시에 대해서 이렇게 말했다. 시가
따로 있는 것이 아니고, 삶이 시라고 했다. 시는 언어로 나타
나 있는 것이 아니고, 간절한 마음이 배어 있어 마음을 움직이
는 것은 무엇이든지 시라고 했다. 한 시대의 시련이나 소망을
집약하고 있어 깊은 감동을 주는 시를 본보기로 제시하면서 관
심의 범위를 확대했다.

제3장
시를 지어야 하는 숙명

서거정(徐居正), 〈스스로 웃는 시(自笑詩)〉

一詩吟了又吟詩
盡日吟詩外不知
閱得舊詩今萬首
儘知死日不吟詩

시 한 수를 읊고 나서 또 한 수를 읊어,
하루가 다하도록 시 읊기만 한다.
지난 날 지어 둔 시 세어보니 이제 만 수라.
죽는 날에야 시를 읊지 않으리라.

　한국 조선시대 시인 서거정은 이렇게 말했다. 시를 짓고 또
짓고, 하루 종일 시를 지어 만 수가 되어도 멈추지 않는다고
했다. 죽는 날에야 시를 짓지 않으리라고 해서 시를 짓는 것이
숙명이라고 말했다. 숙명에서 벗어날 수 없어 시를 짓는다고
했다.

이규보(李奎報), 〈시 짓는 버릇(詩癖)〉

年已涉縱心
位亦登台司
始可放雕篆
胡爲不能辭
朝吟類蟬蟀
暮嘯如鳶鴟
無奈有魔者
夙夜潛相隨
一着不暫捨
使我至於斯
日日剝心肝
汁出幾篇詩

44

滋膏與脂液
不復留膚肌
骨立苦吟哦
此狀良可嗤
亦無驚人語
足爲千載眙
撫掌自大笑
笑罷復吟之
生死必由是
此病醫難醫

나이 이미 칠십을 넘었고
지위 또한 정승에 올랐네.
이제는 시작을 놓을 만한데
어째서 그만두지 못하는가.
아침엔 귀뚜라미처럼 읊조리고,
저녁에도 올빼미인 양 노래하네.
막무가내인 시마란 놈이
아침저녁 남몰래 따라 와서는
한번 붙으면 잠시도 놓아주지 않아
나를 이 지경에 이르게 했네.
날이면 날마다 심간을 도려내
몇 편의 시를 쥐어짜낸다.
비계나 기름만이 아니고,
살조차 남지 않겠네.
뼈만 남아 괴롭게 읊조리나니
이 모습 정말로 가소롭구나.
사람들을 놀라게 할 말이 없구나.
천 년이나 남을 말이 없구나.
손바닥을 부비며 홀로 크게 웃다가
웃음을 그치고는 다시 읊조린다.
살고 죽는 것이 여기 달렸으니

이 병은 의원도 고치기 어렵도다.

한국 고려시대 시인 이규보는 시에 대해 심각하게 생각해 이런 시를 지었다. 시를 쓰는 것은 시마(詩魔)라는 마귀에게 사로잡혀 병이 들었기 때문이라고 했다. "막무가내인 시마란 놈이/ 아침저녁 남몰래 따라 와서는/ 한번 붙으면 잠시도 놓아주지 않아" 그만두려고 해도 그만두지 못하고 시를 쓴다고 했다. 시를 그냥 쓰기만 하면 되는 것은 아니다. 사람을 놀라게 할 말, 천년이나 남을 말을 찾느라고, 살이 다 빠지고 "뼈만 남아 괴롭게 읊조리"고 있다고 했다.

말을 잘 다듬으면 사람들을 놀라게 하고 천년이나 남는 것은 아니다. 시마가 요구하는 시는 그 이상의 것이다. 〈시마를 쫓는 글(驅詩魔文)〉이라는 말로 제목의 서두를 삼은 글에서 시마는 죄상을 따져서 물리쳐야 한다고 하고, 그 죄상을 다섯 가지로 열거했다. 첫째 시는 사람을 들뜨게 한다고 했다. 둘째 시마는 숨은 비밀을 캐낸다고 했다. 셋째 시마는 자부심을 가지게 한다고 했다. 넷째 시마는 잘못을 나무란다. 다섯째 시마는 상심을 하게 한다고 했다. 시는 숨은 비밀을 캐고 세상의 잘못을 나무라는 것으로 사람을 들뜨게 하고, 자부심을 느끼면서 상심하게 한다고 했다.

그라네Esther Granek, 〈**영감**L'inspiration〉

Qu'il lui soit fait ou non honneur,
l'enthousiasme créateur
se fera ange ou bien démon.
En bref, telle est l'inspiration.

Car, sachez-le, cette infidèle
par trop souvent se fait la belle

46

en vous laissant sur le pavé.
Dès lors, qui voudrait la chanter ?

L'inspiration est une garce
qui vous embobine à son gré.
On ne sait sur quel pied danser
quand l'émotion tourne à la farce !···

L'inspiration fait l'imbécile
lorsqu'elle arrive à contretemps.
L'effet en est fort déroutant
et l'on vous juge un peu débile !···

L'inspiration parfois sorcière,
vous fait goûter au nirvana
en vous piégeant dans l'éphémère.
Vous en sortez en piètre état !···

L'inspiration tant vous régale
qu'il vous en vient bonheur extrême···
quand la voilà prise de flemme···
Et vous en perdez les pédales !···

L'inspiration est une ordure
qui, par ses accents les plus purs
vous soufflera maintes bêtises···
Déjà vos ennemis s'en grisent !···

L'inspiration souvent rigole
et vous dit : "Ailleurs on m'attend",
et puis aussitôt fout le camp.
Et voilà qu'en vous tout s'affole !···

하는 짓이 명예롭다 하겠나,

창조하는 호기심이라는 놈,
천사인지 악마인지 모를 것,
요컨대 이 녀석이 영감이다.

그대는 아는가? 이 불량배가
아름답게 꾸미기를 일삼아,
그대를 길가에 나가 있으면서
그 녀석 노래를 부르게 하는 것을.

영감이라는 녀석은 갈보여서,
그대를 제 멋대로 유혹한다.
어느 발로 춤추는지 모르게 한다,
흥분이 얼굴까지 차오르면!...

영감이라는 녀석은 멍청이여서,
불의의 사고나 저지를 때면
그 결과가 아주 혼란스러워
그대가 얼빠졌다는 말 듣게 한다!...

영감이라는 녀석 이따금 무당이어서
그대가 열반을 체험하도록 하고,
그대가 덧없는 것에 사로잡혔다가
초라한 모습으로 탈출하게 만든다!...

영감이라는 녀석은 그대를 잘 대접해
아주 행복하게 만들기도 하지만,
보아라, 무기력에 사로잡히면...
페달을 놓치게 하기도 한다!...

영감이라는 녀석은 개새끼여서
가장 순수하다는 어조를 사용해

그대에게 수많은 어리석음을 불어넣는다.
그대의 적들은 이미 기뻐하고 있다!...

영감이라는 녀석은 이따금 장난으로
그대에게 "다른 곳에서 나를 기다려"
이렇게 말하고는 즉시 떠나버려,
그대를 아주 당황하게 한다.

　프랑스어로 창작하는 현대 벨기에의 여성시인이 이런 시를 지었다. 〈영감〉이라는 제목을 내놓고 시에 관해 소견을 밝혔다. 연결이 생략된 말을 까다롭게 해서, 의미가 통하도록 하려고 의역을 하지 않을 수 없다.

　이규보가 말한 시마가 여기서는 영감이다. 이 둘은 거의 같은 말이다. 사람이 스스로 시를 짓지는 않고 밖에서 작용하는 것이 있다는 생각을 함께 했다. 영감이라는 것이 시마처럼 다가와 시를 짓게 한다고 하고, 이규보가 시마를 나무라듯이 영감을 나무랐다. 그대라고 한 상대방에게 영감이라는 녀석이 고약한 짓을 하니 조심하라고 경고하는 말로 시가 진행된다. 둘 다 자기이다. 영감의 정체를 알고 조심하면서 모르고 휘말려들어 실수하는 자기에게 하는 말이다. 알고도 휘말려들고, 조심하면서도 실수하는 것이 '영감'에 사로잡힌 시인의 운명이다.

　"영감이라는 녀석"이 한다는 짓거리 열거한 것들을 보자. 추종, 유혹, 혼란, 실신, 혼미, 우둔, 당황 등으로 정리할 수 있는 해악이다. 시인은 이런 해악에서 벗어나지 못하고 사로잡혀 시를 쓴다고 했다.

김남조, 〈시와 더불어〉

나의 주님

때때로 제 골수에
얼음 용액을 따르시니
이 추위로
시 쓰나이다

사람은 길을 찾는
미혹의 한 생이오니
이 어설픔으로
시 쓰나이다

이웃을 제 몸처럼
사랑하라 이르시나이까
사랑은 하되
필연 상처 입히는
허물과 회한으로
시 쓰나이다

날빛 같은 날에도
먹장 같은 날에도
아가들 태어남이 숙연하옵고
이것만은
늘 잠깨어 반짝이는
모든 아름다움에의 민감성
이 하나로 재주도 없이
한평생 시 쓰나이다

현대 한국의 여성시인 김남조는 종교적인 성향의 시를 친근
한 어조로 써서 쉽게 이해할 수 있게 한다. 그런데 이 시는 예
사롭지 않다. 서두에 "나의 주님"이라는 말이 있어 종교시라고
할 수 있으나, 신앙인이면 누구나 할 수 있는 말과는 거리가
먼 시인의 번민과 자각을 술회했다.

"골수에 얼음 용액을" 따르는 추위로 시를 쓴다고 했다. 극도에 이르는 시련을 시가 아니고서는 견딜 수 없다는 말이다. 길을 찾아다니는 미혹, 사랑의 상처를 입힌 회한, 아이가 태어나는 순간의 숙연함, 아름다움에의 민감성, 이런 것들이 모두 시를 쓰게 한다고 했다. 범속한 삶에 머물러 둔감하게 지내지 않고, 그 껍질을 깨려면 시가 있어야 한다고 했다.

릴케Rainer Maria Rilke, 〈시인 Der Dichter〉

Du entfernst dich von mir, du Stunde.
Wunden schlägt mir dein Flügelschlag.
Allein: was soll ich mit meinem Munde?
mit meiner Nacht? mit meinem Tag?

Ich habe keine Geliebte, kein Haus,
keine Stelle auf der ich lebe
Alle Dinge, an die ich mich gebe,
werden reich und geben mich aus.

시간이여 너는 내게서 멀어진다,
너의 날개로 쳐서 상처를 입히면서.
홀로, 내 입으로 무엇을 말해야 하는가?
나만의 밤에? 나만의 낮에?

나는 연인이 없고, 집도 없다.
살아갈 곳이라고는 없다.
내가 나를 맡기는 모든 것이
풍요로워져 나를 내놓는다.

릴케는 독일 시인이라고 하지만, 소속이 모호하다. 체코에 거주하는 독일인 소수민족 출신이다. 모국어가 독일어라 창작의 언어로 삼았을 따름이고, 독일이 자기 나라라고 생각하지는 않았다. 방랑으로 생애를 보내면서 프랑스에 오래 머물렀다. 프랑스어로 시를 쓰기도 했다.

"나는 연인이 없고, 집도 없다", "살아갈 곳이라고는 없다"고 한 것은 자기 처지를 그대로 나타낸 말이면서 시인의 사회적 위치에 관한 발언이다. 쉴러가 한 말을 다시 해서 시인은 고독하고 소외되고 궁핍하다고 했다. 궁핍이 물질적인 것만은 아니다. 시인이 선택한 삶 자체에 문제가 있는 것을 어떻게 인식하고 해결해야 할 것인가 하는 철학적 고민을 토로하고자 했다.

통상적인 시간과 시인의 시간이 달라 시인이 상처를 입는다고 한 것이 심각한 문제이다. 그 때문에 철저하게 고독하게 되어 "홀로, 내 입으로 무엇을 말해야 하는가? 나만의 밤에? 나만의 낮에?"라고 고민해야 하는 것이 시인의 운명이다. 존재하고 운동하고 생성하는 모든 것을 스스로 선택해야 한다. 그래서 시인은 시를 창작한다.

사물에다 자기를 맡기면 어느 것이든지 풍요로운 의미를 지녀 시인이 밖으로 드러나게 한다고 했다. 사물에다 자기를 맡긴다는 것은 서정의 본질인 세계의 자아화이다. 풍요로워진다는 것은 연인도 집도 살 곳도 없는 가난에 대한 보상이다. 그 결과 밖으로 드러나는 것이 시간마저 상이한 극단의 고독을 해결하는 방안이라고 했다.

이상화, 〈시인에게〉

한 편의 시 그것으로
새로운 세계 하나를 낳아야 할 줄 깨칠 그때라야
시인아 너의 존재가
비로소 우주에게 없지 못할 너로 알려질 것이다.
가뭄 든 논에는 청개구리의 울음이 있어야 하듯—

새 세계란 속에서도
마음과 몸이 갈려 사는 줄풍류만 나와 보아라.
시인아 너의 목숨은
진저리나는 절름발이 노릇을 아직도 하는 것이다.
언제든지 일식된 해가 돋으면 뭣하며 진들 어떠랴.

시인아 너의 영광은
미친 개 꼬리도 밟는 어린애의 짬 없는 그 마음이 되어
밤이라도 낮이라도
새 세계를 낳으려 손댄 자국이 시가 될 때에— 있다.
촛불로 날아들어 죽어도 아름다운 나비를 보아라.

　한국의 근대시인 이상화는 시인에 대해서 이렇게 노래했다. 서술과 영탄을 일삼던 시대에 말을 아끼고 다듬은 난해시를 남겼다. 하려고 한 말이 예사롭지 않았기 때문이라고 생각된다. 무슨 뜻인지 선뜻 알기 어려워 차근차근 뜯어보아야 한다. 슬기로운 독자에게만 전달하려고 감추어둔 계시를 받아내야 한다.
　"시인아 너의 목숨은/ 진저리나는 절름발이 노릇을 아직도 하는 것이다"고 한 것은 현재의 상황이다. 시인은 다른 사람들처럼 살아가지 못하는 절름발이고, 그것을 자기가 진저리나게 여긴다고 했다. 이런 말에 시인이 겪는 불행이 요약되어 있다. 시인은 자기의 불행이 무엇인지 알고 불행에서 벗어나고 싶어 한다고 했다.
　"한 편의 시 그것으로/ 새로운 세계 하나를 낳아야 할 줄 깨칠 그때라야/ 시인아 너의 존재가/ 비로소 우주에게 없지 못할 너로 알려질 것이다." 이것이 이루고자 하는 목표이다. 시 한 편으로 새로운 세계를 낳아 우주에게 없지 못할 존재가 되기를 바란다고, 현재의 불행과는 정반대가 되는 장래의 희망을 말했다.
　다른 여러 대목은 불행에서 희망으로 나아가는 과정을 말

했다. "가뭄 든 논에는 청개구리의 울음이 있어야 하듯"에서는, 척박한 세상이 시인을 절름발이로 만든다는 것을 알려주고, 어떤 경우에도 시인은 있어야 한다고 했다. "미친 개 꼬리도 밟는 어린애의 짬 없는 그 마음이 되어/ 밤이라도 낮이라도/ 새 세계를 낳으려 손댄 자국이 시가 될 때에" 영광이 있다고 한 것은 불행을 탓하지 말고 시비나 분별을 넘어서서, 모험을 두려워하지 않는 어린 아이의 호기심에 들떠 밤낮 노력해야 희망을 이룰 수 있다고 했다. "촛불로 날아들어 죽어도 아름다운 나비를 보아라"자고 한 데서는 시인이 실패하고 죽어도 죽음이 아름답다고 했다.

"새 세계란 속에서도/ 마음과 몸이 갈려 사는 줄풍류만 나와 보아라." 이 대목은 이해하기 어렵다. "줄풍류"는 선비들이 거문고를 연주하는 음악이다. 다른 말은 쉬운 것들인데, 앞뒤가 연결되지 않는다. 새 세계로 나아가는 과정에 차질이 있는 것을 느끼고 드러내 말하려고 한 것 같다. 문법의 파탄을 전달 방식으로 삼았다고 여기고 해독해보자. 앞의 "속에서도"와 뒤의 "나와 보아라"를 연결시켜보자. 속에 뒤틀려 있는 것이 나와 보기를 바란다고 한 것 같다. "줄풍류" 소리처럼 가느다랗게라도 나오면 다행인데, "마음과 몸이 갈려 사는" 상태여서 뜻대로 되지 않는다고 한 것으로 생각된다.

"언제든지 일식된 해가 돋으면 뭣하며 진들 어떠랴"는 문장 이해의 어려움은 없어 뜻하는 바를 바로 생각할 수 있다. "일식된 해"는 잘못된 시대이다. 잘못된 시대에 변화가 있어 새 세계가 열리리라고 기대하는 것을 잘못이라고 했다. 사태를 바로 알고 투쟁해야 하는 사명을 시인이 자각해야 한다고 하려고 이런 말을 했다. 절름발이 신세인 시인이 선두에 나서서 새 시대를 창조하는 우주적인 승리를 이룩해야 한다고 하고, "미친 개 꼬리도 밟는" 어린 아이의 마음을 시인은 지녀 투쟁에 앞선다고 했다.

제4장
시인의 처지

이백(李白), 〈맹호연에게(贈孟浩然)〉

吾愛孟夫子
風流天下聞
紅顔棄軒冕
白首臥松雲
醉月頻中聖
迷花不事君
高山安可仰
徒此挹淸芬

내가 사랑하는 맹부자
풍류가 천하에 들리네.
홍안에 벼슬을 버리고,
백수로 솔 구름에 누웠네.
달에 취해 자주 술 마시고
꽃에 홀려 임금 섬기지 않네.
높은 산을 어찌 우러르랴
다만 맑은 향기에 머리 숙이노라.

　중국 당나라의 시인 이백이 선배 시인 맹호연(이름은 浩, 자
가 호연)을 칭송한 시이다. 벼슬을 버리고 솔과 구름 속에 누워
있어도 풍류가 천지에 들린다고 했다. 높은 산과 같아 우러르
지도 못하고, 맑은 향기에 머리를 숙이거나 한다고 했다. 시인
은 얼마나 고결한가 말했다. 시는 탈속한 사람의 정신세계를
나타내므로 높이 평가해야 한다고 했다.

두보(杜甫), 〈이백(李白)〉

　1
昔年有狂客

號爾謫仙人
筆落驚風雨
詩成泣鬼神
聲名從此大
汨沒一朝伸
文彩承殊渥
流傳必絶倫...
老吟秋月下
病起暮江濱
莫怪恩波隔
乘槎與問津

2
出門搔白首
若負平生志
冠蓋滿京華
斯人獨憔悴
孰云網恢恢
將老身反累
千秋萬歲名
寂寞身後事

3
李白一斗詩百篇
長安市上酒家眠
天子呼來不上船
自稱臣是酒中仙

1
전에는 광객이 있다더니,
그대 적선이라고 일컬어지네.
붓 들면 비바람을 놀라게 하고
시 지으면 귀신이 울게 했다.

명성이 이로부터 크게 일어나고
숨긴 재주 하루아침에 피어났다.
빛나는 글 남다른 총애를 받고
세상에 유전되어 반드시 뛰어났다...
늙은 몸으로 가을 달빛 아래 시를 읊고
저무는 강가에서 병든 몸을 일으키는구나.
은혜 물결 막혔다고 탓하지 말게나,
뗏목을 타고 나루터 길을 물어보리라.

2
문을 나서면서 백발이나 긁고
평생 소망 이루지 못한 것 같다.
고관대작 가득해 번화한 서울에서
오로지 그대만 초췌한 모습이구려.
누가 말했던가 하늘은 넓고 넓다고,
늙어서 오히려 화를 입고 있다.
천추 만세 남을 이름이지만
죽어 적막하게 된 뒤의 일이다.

3
이백은 술 한 말에 시를 백 편 짓고,
장안 길거리 술집에서 잠이 든다.
천자가 불러도 배에 오르지 않고,
자기는 술 속의 신선이라고 했다.

　중국 당나라 시인 이백은 시인의 생애를 말해주는 본보기로
널리 알려져 있다. 이백이 어떤 사람인지 이백과 쌍벽인 후배
시인 두보가 시를 여러 편 지어 말했다. (1)은 〈이백에게 준다
(寄李白)〉의 일부이다. (2)는 〈이백을 꿈꾸다(夢李白)〉 두 수 가
운데 둘째 것의 일부이다. (3)은 술을 마시고 신선 노릇을 한
여덟 시인의 삶을 노래한 〈음중팔선가(飮中八仙歌)〉의 한 대목

이다.

(1)에서 이백은 광객이면서 적선이라고 했다. 하늘에 귀양 온 신선이 놀라운 시를 지어도 세상 법도와 어긋나 미친 짓이나 하는 광객이라는 핀잔을 들었다. 시가 아무리 높이 평가되어도 늙고 병든 몸으로 힘겹게 지내고 있다고 했다.

(2)에서는 세상과의 어긋남에 대해 구체적으로 말했다. 고관대작 가득해 번화한 서술에서 백발이나 긁으면서 초췌한 모습을 하고 있다고 했다. "하늘은 넓고 넓다"고 번역한 "網恢恢"는 《노자(老子)》 제73장에 "天網恢恢 疏而不漏(하늘은 그물이 넓고 넓어 성기지만 포괄하지 않는 것이 없다)"라고 한 데서 가져온 말이다. 넓고 넓은 하늘에서 놀아야 하는 이백이 세속에 사로잡혀 늙어서도 화를 입는다고 했다.

(3)에서는 이백은 술을 한 말이나 마시면 한 자리에서 시를 백 편을 짓는 남다른 능력을 발휘하고, 취하면 갈 길을 찾지 못하고 길거리 술집에서 쓰러져 잠이 든다고 했다. 천자가 부르러 보낸 배에 올라타지 않고 자기는 술 속에 머물러 있는 신선이라고 일컬었다고 했다. 신선은 천자보다 높아 부름을 따르지 않는다는 말이다.

이백은 주정뱅이 노릇을 하면서 신선이라고 자칭했다. 정상인과 견주어 저차원인 주정뱅이의 탈선이 고차원인 신선의 탈속이라고 했다. 이런 억지를 나무라거나 비웃지 않고 당대에 이미 받아들였다. 주정뱅이가 지은 시가 고차원의 가치를 지녀 신선의 경지에 이르렀다고 인정했다.

니체Friedrich Nietzsche, 〈**괴테에게**An Goethe〉

Das Unvergängliche
Ist nur dein Gleichniss!
Gott der Verfängliche
Ist Dichter-Erschleichnis...

Welt—Rad, das rollende,
Streift Ziel auf Ziel:
Not — nennt's der Grollende,
Der Narr nennt's — Spiel...

Welt—Spiel, das herrische,
Mischt Sein und Schein: —
Das Ewig—Närrische
Mischt uns — hinein!...

오직 영원함에만
그대를 견주겠지만,
의심스러운 신은
시인의 절취물.

세계의 바퀴 돌아가면서
목표 위의 목표를 스치니,
불평자는 고행이라고,
놀이라고 광대는 말한다.

세계의 장엄한 놀이
존재와 가상을 뒤섞으며,
영원한 광대 짓거리
우리를 안에다 뒤섞는다.

　독일의 철학자이면서 시인인 니체는 이 작품에서 괴테의 시
에 대한 소견을 말한다고 하면서 시가 무엇인지 해명하려고 했
다. 시는 영원·세계·신·존재라고 일컬어지는 궁극적인 것
을 추구한다고 했다. 하늘을 차지해 내면의 창조물로 삼는다
고 했다.
　그러나 영원·세계·신·존재 어느 하나에도 온전하게 이
르지 못한다고 했다. 영원은 견주어 말할 수 있는 것에 지나지

않는다. "신"은 시인이 사사로이 절취해 진위가 의심스럽다. 불타가 법륜(法輪)을 돌리듯이 세계의 바퀴가 돌아가게 한다지만, 목표를 이루지 못하고 스쳐 지나가기만 한다. 이런 짓이 고행이라고 불만스럽게 말할 수도 있고, 광대의 놀이라고 여겨 즐거워할 수 있다. 시인은 고행자이면서 광대라고 "다만 광대! 다만 시인!"(Nur Narr! Nur Dichter!)이라고 다른 시에서 말했다. 시인은 궁극의 이치를 깨달으려고 하는 고행을 즐거운 광대 놀이로 삼는다고 했다.

고행은 버려두고 놀이에 대해 더 말했다. 시인이 하는 광대 놀이는 세계를 장엄하게 탐구해 영원에 이르고자 한다고 했다. 그러면서 "존재와 가상을 뒤섞으며" 수준 미달이라고 할 방법으로 존재론을 혁신하는 별난 시도를 한다고 했다. 광대 짓거리를 남들에게 보이려고 하지 않고 우리 자신의 내면의식을 뒤섞어 혁신한다고 했다.

백거이(白居易), 〈학을 대신해서(代鶴)〉

我本海上鶴
偶逢江南客
感君一顧恩
同來洛陽陌
洛陽寡族類
皎皎唯兩翼
貌是天與高
色非日浴白
主人誠可戀
其奈軒庭窄
飲啄雜雞群
年深損標格
故鄉渺何處
雲水重重隔

誰念深籠中
七換摩天翮

나는 본래 바다의 학인데
우연히 강남 나그네를 만나,
주군으로 베푼 은혜에 감격해
함께 낙양의 거리로 왔네.
나와 동족이 드문 낙양에서
두 날개만 밝게 빛날 따름이다.
모습은 하늘과 같이 고고하고
색깔은 햇빛을 받지 않아 희다.
주인이 참으로 사랑한다지만,
집과 뜰이 좁은 것을 어찌하리오.
먹고 쪼며 닭의 무리들에 섞여
나이가 많아지니 품격만 상한다.
고향은 아득한 어느 곳인가,
구름과 물 여러 겹 저 멀리.
누가 생각했겠나, 깊은 조롱에서
하늘 나는 날개 일곱 번 바뀔 것을.

　이 시는 세 가지 의미가 있다. (가) 백거이 자신이 집에서 기르고 있는 학의 처지를 말했다. 자기가 "江南客"이 되어 갔다가 학을 만나 학의 주군인 "君", 기르는 사람인 "主人"이 되었다. 학은 주인이 자기를 보살펴주고 사랑하는 것을 알지만 환경이 적당하지 않아 견디기 어렵다고 했다. (나) 학은 자기 자신이다. 자유롭게 지내던 자기가 벼슬을 하게 되어 본성과는 어긋나게 구속되어 지내는 것을 사육당하고 있는 학의 처지를 들어 말했다. (다) 학은 시인이다. 바다 위를 날면서 자유를 누리는 시인이 일상적인 삶에서 세속인 노릇을 하면서 겪는 차질을 말했다. 먹고 살기 위해 직업을 가져 고용주가 있고, "飮啄雜雞群(먹고 쪼며 닭의 무리들에 섞여)"라고 했듯이 저속한 경

쟁자들과 벌이를 다투어야 한다고 한탄했다.

(다)는 보들래르가 다음에 드는 〈알바트로스〉에서 시의 처지를 알바트로스에 견준 것과 상통한다. 알바트로스도 학도 커다란 새이다. "我本海上鶴(나는 본래 바다의 학인데)"라고 한 것이 하늘을 나는 알바트로스의 모습과 같다. 알바트로스가 선원들의 괴롭힘을 당하는 것은 학이 닭의 무리와 섞인 것과 상통한다. 알바트로스는 선원들에게 잡혀 자유를 잃고, 학은 주인을 따라와 사육되는 신세가 된 것은 다르다. 학은 스스로 자유를 포기하고 후회하니 마땅하지 않다고 할 것은 아니다. 시인이 알바트로스처럼 하늘을 날기만 하면 어떻게 먹고 사는가? 직업을 가지고 벌이를 하지 않을 수 없어 사육되는 학의 신세가 되지 않을 수 없다. 보들래르의 이상주의보다 백거이의 현실주의가 더욱 절실한 사설을 제공했다.

이달(李達), 〈학을 그린다(畵鶴)〉

獨鶴望遙空
夜寒擧一足
西風苦竹叢
滿身秋露滴

외로운 학 먼 하늘을 바라보며
밤이 차가워 다리 하나 들었다.
서녘 바람이 대숲을 괴롭히고,
온몸 가득 가을 이슬로 젖었다.

이달은 시를 배운 제자 허균(許筠)이 지은 〈손곡산인전(蓀谷山人傳)〉이 있어 누군지 알 수 있는 사람이다. 어머니가 기생이었던 탓에 천인이었다. 재주가 뛰어나도 세상에 쓰이지 못했다. 그런데다가 얼굴이 단정하지 못하고 예법에 구속되기를 싫어하는 성미여서 가는 곳마다 업신여김을 당했다. 몸 붙일데가 없는 비렁뱅이로 천덕꾸러기 일생을 보내면서 뛰어난 시를 지었다. 온 나라를 휩쓸 만했으나 몇 사람이 알아주었을 따름이고 시기하고 헐뜯는 대상이 되었다.

　이 시는 자기 모습을 그린 자화상이다. (1)에서 학이 먼 하늘을 바라보기만 한다고 했다. 밤이 차갑다고 하는 시련을 견디느라고 다리 하나를 들었다. (2)에서 서녘 바람이 대숲을 괴롭히고, 온몸 가득 가을 이슬로 젖었다고 해서 수난의 모습을 더욱 처절하게 그렸다. 학이 하늘을 날아다니지 못하고 땅에 잡혀 있는 것은 보들래르가 노래한 알바트로스와 같다.

보들래르Charles Baudelaire, 〈알바트로스L'albatros〉

Souvent, pour s'amuser, les hommes d'équipage
Prennent des albatros, vastes oiseaux des mers,
Qui suivent, indolents compagnons de voyage,
Le navire glissant sur les gouffres amers.

A peine les ont—ils déposés sur les planches,
Que ces rois de l'azur, maladroits et honteux,
Laissent piteusement leurs grandes ailes blanches
Comme des avirons traîner à côté d'eux.

Ce voyageur ailé, comme il est gauche et veule !
Lui, naguère si beau, qu'il est comique et laid !
L'un agace son bec avec un brûle—gueule,
L'autre mime, en boitant, l'infirme qui volait !

Le Poète est semblable au prince des nuées
Qui hante la tempête et se rit de l'archer ;
Exilé sur le sol au milieu des huées,

Ses ailes de géant l'empêchent de marcher.

이따금 뱃사람들은 장난을 하느라고
바다의 거대한 새 알바트로스를 잡는다.
항해의 무심한 동반자 노릇을 하면서
쓰디쓴 심연 위에서 미끄러지는 배를 좇는.

갑판 위에 내려놓인 신세 되기만 하면
이 창공의 왕자 얼마나 어색하고 수줍은가,
크고 흰 날개를 가련하게 끌고 다닌다.
배를 젓는 노가 좌우에 달려 있는 것처럼.

이 날개 달린 항해자 얼마나 서투르고 무력한가!
전에는 아주 아름답더니, 이제는 가소롭고 추하다!
어떤 녀석은 담뱃대로 부리를 성가시게 하기도 하고,
날아다니던 불구자를 절룩절룩 흉내 내기도 하나니!

시인은 이 구름 위의 왕자와 같도다.
폭풍을 넘나들고 활잡이를 비웃다가
땅에 추방된 신세로 야유에 휩싸이니
거대한 날개가 걸음걸이를 방해한다.

　보들래르는 이 시에서 시인은 창공을 날아다니는 거대한 새 알바트로스와 같은 자유를 누린다고 했다. 이백처럼 하늘에서 귀양 온 신선이라고 하지 않고 하늘을 날아다닌다고 했다. 시인은 구름 위의 왕자와 같아 폭풍을 넘나들고 활잡이를 비웃는다고 해서 누구도 침범할 수 없는 우월감을 나타냈다.

　알바트로스는 신천옹(信天翁)이라는 번역어가 있으나 자주 쓰지 않아 생소하므로 알바트로스라고 일컫고, 특성을 알아본다. 알바트로스는 바다에서 사는 새이다. 새 가운데 가장 긴 날개로 자유롭게 활공하면서 대부분의 시간을 비행하면서 보내고 먼 거리까지 여행하기도 한다. 이런 알바트로스에 견준 시인은 하늘을 우러르지 않고 하늘을 자기 삶의 영역으로 삼는다. 시 창작은 천상의 행위여서 지상의 인간이 하는 다른 모든 일과 차원이 다르다고 했다.

하늘을 날던 알바트로스가 잡혀서 지상에 내려오니 처량하기만 하다고 했다. 두보가 이백이 처량하다고 한 것보다 더욱 심각한 말을 했다. 뱃사람들이 장난삼아 알바트로스를 잡아 놀림감으로 삼는 것처럼 시인은 야유의 대상이 된다고 했다. 알바트로스의 거대한 날개와 같은 상상력이 다른 사람들 틈에 끼어 지상에서 살아가는 데는 방해가 되어 시인을 무능하고 무력하게 한다고 했다.

무라노 시로오(村野四郎), 〈시인의 모습(詩人の影像)〉

それは誰の顔だか
まったく わからない
たとえば 水中のよう
べつの世界につきだされている
なにも見ず
なにもきかず
神の名や人間の愛
そうした魂の好みもかたらない
死ぬための血が
風景をそめ
意味をなくしたヒヨドリの叫びが
宇宙をひきさいてゆく日
ただうめもどきの蔓にからまれ
強烈に
存在の秋をにおわすのだ.

그것은 누구의 얼굴인지

전혀 알지 못한다.

마치 물속처럼

다른 세계에 밀려나와 있다.

아무 것도 보지 않고,

아무 것도 듣지 않고,

신의 이름과 인간의 사랑

그러한 영혼의 취향도 이야기하지 않는다.

죽기 위한 피가

풍경을 물들이고,

의미를 잃은 직박구리의 외침이

우주를 점점 갈라놓는 날,

다만 감탕나무 줄기에 휘감기어

강렬하게

존재의 가을을 짐작하게 한다.

이 사람은 일본 현대시인이다. 이 시를 지어 시인이 절망하지 않을 수 없다고 했다. 시인은 누군지 알지 못하는 사람이다. 다른 세계에 밀려나 있다. 아무것도 보지도 듣지도 못한다. 신의 이름이나 인간의 사랑, 그런 영혼의 취향은 이야기하지 않는다. 여기까지는 이해가 된다. 마지막 대목은 무슨 말인가? 깊은 절망에 이른 심정을 직박구리가 울고 감탕나무에 단풍이 들어 처참한 모습의 가을을 빚어내는 데 동참하는 것으로 나타냈다고 할 수 있다. 이런 것이 자기의 작품세계이니 그냥 지나치지 말고 주의해 살피라고 말을 비틀고 올가미를 만들었다.

제5장
시인이 살아갈 길

허균(許筠), 〈관직을 잃었다는 말을 듣고(聞罷官作)〉

禮敎寧拘放
浮沈只任情
君須用君法
吾自達吾生
親友來相慰
妻孥意不平
歡然若有得
李杜幸齊名

예교가 어찌 자유로움을 구속하리오?
뜨고 잠기는 것을 정감에 내맡기겠노라.
그대들은 그대들의 법을 따르라.
나는 스스로 나의 삶을 다하겠노라.
친구들이 찾아와서 위로하고
처자식은 불평하는 뜻을 내비치네.
얻은 바 있는 듯이 기뻐하면서
다행히 이백 두보와 이름을 나란히 하리.

    앞에서 든 여러 시인이 시인의 처지에 대해 할 말을 다 한 것은 아니다. 다른 여러 시인도 시는 무엇이며, 시인이 어떻게 살아가는가를 두고 거듭 고심하고 많은 작품을 남겼다. 한국 조선시대 시인 허균은 관직에서 파면되었다는 말을 듣고 이런 시를 지었다.

    세상에서 존중하는 예교가 정감에 내맡겨 사는 자유로운 삶을 구속할 수 없다고 한 것이 시가 무엇인가에 관한 총론이다. 원문을 들어 말하면 "禮敎"의 "拘"를 거부하고 "任情"의 "放"을 실현하는 것이 시에서 하는 일이라고 했다. "法"과 "生"이 대립되어 있다. 세상을 구속하는 법의 집행자들을 멀리 하고 삶을 온전하게 누리는 시인의 길을 가게 되었다고 했다.

    관직을 잃은 것을 친구나 처자식은 불행으로 여긴다고 했다.

그러나 자기는 불행이 다행이라고 생각한다고 말했다. 관직을 잃고 시를 얻었다고 기뻐하면서, 시를 지어 이백이나 두보와 이름을 나란히 할 수 있게 되었다고 했다. 진정한 시인으로 살아갈 수 있게 되었다고 했다.

중국·한국·월남에서는 과거제도를 실시했다. 과거는 글을 짓는 능력을 평가해 관직을 담당할 인재를 선발하는 시험이다. 글 짓는 능력에 시 창작이 포함되었다. 그래서 관원이면 누구나 시인이었다. 높은 관직에 오르면서 시인으로 이름이 나는 것이 드문 일이 아니었다. 그러나 시인이 모두 관원인 것은 아니었다. 격식에서 벗어난 표현을 하면서 세상의 법도를 비판하는 자유를 누리고자 하는 시인은 고독한 예외자가 되었다.

김광균, 〈노신(魯迅)〉

시를 믿고 어떻게 살아가나
서른 먹은 사내가 하나 잠을 못 잔다.
먼 기적 소리 처마를 스쳐가고
잠든 아내와 어린것의 베갯맡에
밤눈이 내려 쌓이나 보다.
무수한 손에 뺨을 얻어맞으며
항시 곤두박질해 온 생활의 노래
지나는 돌팔매에도 이제는 피곤하다.
먹고 산다는 것
너는 언제까지 나를 쫓아오느냐.
등불을 켜고 일어나 앉는다.
담배를 피워 문다.
쓸쓸한 것이 오장을 씻어 내린다.
노신(魯迅)이여
이런 밤이면 그대가 생각난다.

온 세계가 눈물에 젖어 있는 밤
상해(上海) 호마로(胡馬路) 어느 뒷골목에서
쓸쓸히 앉아 지키던 등불
등불이 나에게 속삭거린다.
여기 하나의 상심한 사람이 있다.
여기 하나의 굳세게 살아온 인생이 있다.

  한국의 근대시인 김광균이 한 말을 들어보자. "시를 믿고 어
떻게 살아가나/ 서른 먹은 사내가 하나 잠을 못 잔다." 서두에
서 심각한 말을 했다. 시를 써서 얻는 수입으로 처자를 먹여
살리려고 하니 근심이 크다. 잠을 이루지 못하고 일어나 앉아
탄식하는 시를 지었다.

  그러다가 노신(魯迅)을 생각하고 위안과 용기를 얻는다고 했
다. 중국의 노신처럼 어두운 삶을 지키는 등불이 되어 굳세게
살아가리라고 다짐했다. 시인은 다짐한 말을 버리고 시인이기
를 그만두고 사업가가 되었다. 그래도 이 시는 남아 시인의 처
지에 관한 논란에 등장한다.

쉴러Friedlich von Schiller, 〈세상 분배Die Teilung der
Erde〉

»Nehmt hin die Welt!« rief Zeus von seinen Höhen
Den Menschen zu. »Nehmt, sie soll euer sein!
Euch schenk ich sie zum Erb und ewgen Lehen –
Doch teilt euch brüderlich darein!«

Da eilt', was Hände hat, sich einzurichten,
Es regte sich geschäftig jung und alt.
Der Ackermann griff nach des Feldes Früchten,
Der Junker birschte durch den Wald.

Der Kaufmann nimmt, was seine Speicher fassen,
Der Abt wählt sich den edeln Firnewein,
Der König sperrt die Brücken und die Straßen
Und sprach: »Der Zehente ist mein.«

Ganz spät, nachdem die Teilung längst geschehen,
Naht der Poet, er kam aus weiter Fern –
Ach! da war überall nichts mehr zu sehen,
Und alles hatte seinen Herrn!

»Weh mir! So soll denn ich allein von allen
Vergessen sein, ich, dein getreuster Sohn?«
So ließ er laut der Klage Ruf erschallen
Und warf sich hin vor Jovis Thron.

»Wenn du im Land der Träume dich verweilet«,
Versetzt der Gott, »so hadre nicht mit mir.
Wo warst du denn, als man die Welt geteilet?«
»Ich war«, sprach der Poet, »bei dir.«

Mein Auge hing an deinem Angesichte,
An deines Himmels Harmonie mein Ohr –
Verzeih dem Geiste, der, von deinem Lichte
Berauscht, das Irdische verlor!«

»Was tun?« spricht Zeus, »die Welt ist weggegeben,
Der Herbst, die Jagd, der Markt ist nicht mehr mein.
Willst du in meinem Himmel mit mir leben –
So oft du kommst, er soll dir offen sein.«

"세상을 가져라!" 제우스가 높은 데서
사람들에게 외쳤다. "받아라, 너희들 것이니라.
영원히 상속하는 봉토로 삼으라고 주겠으니,
형제처럼 사이좋게 나누어 가져라."

서둘러 자기 살림 차리려고, 손이 있으면
젊었든 늙었든 누구나 부지런히 움직였다.
농부는 들에서 결실을 거두어들이고,
귀족은 숲을 가로지르면서 사냥을 했다.

상인은 자기 곳간 채운 것을 가지고,
수도원장은 잘 숙성된 포도주를 골랐다.
왕은 다리와 길을 막아 놓고 선포했다.
"수확의 십분의 일은 내 것이다."

아주 늦게, 분배가 있고 한참 지나
시인이 다가왔다. 아주 멀리서 왔다.
아! 내가 볼 것은 하나도 없구나.
무엇이든 주인이 차지하고 있으니.

"슬픕니다! 당신의 가장 충직한 아들인 저만
이렇게 빨리 모두에게서 잊혀야 합니까?"
시인은 탄식의 소리가 크게 들리도록 하고,
제우스의 옥좌 앞에 몸을 내던졌다.

"네가 꿈나라에 가서 있었다면
내게 항의하지 말아라"고 신이 대꾸했다.
"세상을 분배할 너는 도대체 어디 있었나?"
"저는 당신 곁에 있었습니다"고 시인이 말했다.

"제 눈은 당신의 얼굴에 머물러 있고,
당신의 하늘나라 화음은 제 귀에.
당신의 광채에 정신이 도취되어
지상의 것을 잃었으니 용서하소서."

74

"어쩔까?" 제우스가 말했다. "세상을 분배해
가을도, 사냥도, 시장도 내 것이 아니니,
네가 내 하늘에서 나와 함께 지내고자 한다면
네가 올 때마다 문을 열어 주리라."

　독일 근대시인 쉴러는 이 시에서 시인의 처지에 대한 자기 인식을 흥미로운 우언을 지어내 말했다. 다른 사람들은 누구나 차지하고 있는 이권이나 생업이 없는 것이 시인의 처지라고 했다. "영원과 아름다움을 꿈"을 꾸는 것이 그 이유라고 했다.

　천신 제우스가 세상을 분배할 때 "꿈나라에 가서 있었다면 내게 항의하지 말아라"고 말했다. 시인은 신을 바라보면서 찬미하는 데 몰두해 신이 인간에게 세상을 분배하는 것을 몰랐다고 했다. 이상을 추구하다가 현실을 망각한 탓에 무력하다고 했다. 신에게 너무 가까이 다가간 것은 꿈나라 가서 있는 것과 다르지 않다.

　다른 사람들은 분배에 참여해, 농부는 농토를, 귀족은 사냥터를, 상인은 재물을 얻었다고 했다. 여기까지에서는 사회의 기본 구성을 말했다. 수도원 원장도 분배에 참여해 포도주를 얻었다고 한 데서는 겉치레에 힘쓰는 종교를 은근히 풍자했다. 왕은 다리와 길을 막아 놓고 "수확의 십분의 일은 내 것이다"라고 했다는 말은 부당한 권력에 대한 비판으로 이해된다.

　시인은 분배에 참여하지 못한 탓에 가진 것 없는 가난뱅이여서 생계가 막연하다. 신을 찬미해도 신이 어려움을 해결해줄 수 있는 것은 아니다. 신을 찬미한다는 것이 구원을 바라는 종교적인 행위가 아니고 이상적인 아름다움을 이룩하고자 하는 예술 창작이다. 기독교의 신이 아닌 고대 그리스의 최고신 제우스를 찬미의 대상으로 삼아, 신앙과는 다른 예술을 목표로 삼는다고 했다. 시인은 현실을 떠나 이상을 추구하고, 생업일 수는 없는 창조를 보람으로 삼아 불행하면서 행복하다고 했다.

임보, 〈바보 이력서〉

친구들은 명예와 돈을 미리 내다보고
법과대학에 들어가려 혈안일 때에

나는 영원과 아름다움을 꿈꾸며
어리석게 문과대학을 지원했다.

남들은 명문세가를 좇아 배우자를 물색하고 있을 때
나는 가난한 집안에서 어렵게 자란 현모양처를 구했다.

이웃들은 새로운 터전을 찾아 강을 넘어 남으로 갔을 때
나는 산을 떨치지 못해 추운 북녘에서 한평생을 보냈다.

사람들은 땅을 사서 값진 과목들을 심을 때
나는 책을 사서 몇 줄의 시를 썼다.

세상을 보는 내 눈은 항상 더디고
사물을 향한 내 예감은 늘 빗나갔다.

그래서 한평생 내가 누린 건 무명과 빈곤이지만
그래서 또한 내가 얻은 건 자유와 평온이다.

　한국의 현대시인 임보의 이 시에서도 관직과 시의 관계를 논
의했다. 이백은 천자가 불러도 가지 않는다고 하고, 허균은 관
직을 지니고 있다가 잃었다고 했는데, 임보는 관직으로 나아
갈 수 있는 길을 처음부터 포기했다고 했디. 법과대학이 아닌
문과대학에 들어가 관직이 아닌 시를 택했다고 했다.
　중세의 과거가 근대의 고시로 바뀌면서 시대가 크게 달라졌
다. 동아시아 각국에서 과거를 실시하는 것을 알고 충격을 받
은 유럽에서 근대의 고시 제도를 만들었다. 과거는 문학 시험

이고, 고시는 법률 시험이다. 동아시아에서는 과거를 문학 시험으로 실시해 상위관원을 선발하고, 법률은 하위의 실무자를 선발하는 과목으로 삼았다. 유럽의 고시에서 문학은 배제하고 법률 전문가를 선발했다. 동아시아 각국은 재래의 과거를 폐지하고 유럽 방식의 고시를 실시하는 것을 근대화의 필수 과업으로 삼았다.

한국에서도 법과대학에 진학해 법률 고시에 합격해야 관직에 나아가 명예와 돈을 얻을 수 있게 되었다. 시인은 그 길로 나아가지 않고 문과대학을 지원했으며, 이익을 추구할 수 있는 다른 수단도 찾지 않은 채 어리석게도 자기 나름대로 살아왔다고 했다. 그래서 한평생 "무명과 빈곤"을 누린 것은 불행이지만 "자유와 평온"을 얻은 것은 다행이라고 했다. 바보로 지내온 이력서를 쓴다고 하고서 맨 끝줄에서는 바보가 아니라고 했다.

천양희, 〈시인은 시적으로 지상에 산다〉

원고료를 주지 않는 잡지사에 시를 주면서
정신이 밥 먹여 주는 세상을 꿈꾸면서
아직도 빛나는 건 별과 시뿐이라고 생각하면서
제 숟가락으로 제 생을 파먹으면서
발 빠른 세상에서 게으름과 느림을 찬양하면서
냉정한 시에게 순정을 바치면서 운명을 걸면서
아무나 말할 수 없는 것들을 말하면서
새소리를 듣다가도 "오늘 아침 나는 책을 읽었다"고
책상을 치면서
시인은 시적으로 지상에 산다

시적인 삶에 대해 쓰고 있는 동안

어느 시인처럼 나도 무지하게 땀이 났다

   한국 현대 여성시인 천양희는 시인은 이렇게 살아간다고 했
다. 시를 지어 잡지에 실어도 수입이 생기지 않아 "정신이 밥
먹여 주는 세상을 꿈꾸면서" 시인은 시적으로 세상을 살아간
다고 했다. "오늘 아침 나는 책을 읽었다"에는 '연암 박지원의
〈답경지(答京之)〉에서'라는 주를 달아놓았다.

귀유빅Eugène Guillevic, 〈시인Le poète〉

Travailleur
Comme eux tous.

Vivant le même temps
De machines, de bruit,
De guerre, de journaux.

Les mêmes problèmes
De nourriture, de logement,
D'impôts.

Citoyen,
Comme eux tous.

Préoccupé,
Comme eux,

Par les problèmes du présent,
Du futur.

Rêvant
De cette société

78

Où tous
Auront loisir d'écrire.

근로자
다른 모든 사람처럼.

동시에 함께 산다,
기계, 소음,
전쟁, 언론과.

같은 문제
먹고, 자고,
세금 내고.

시민
다른 모든 사람처럼.

사로잡혀
다른 사람들처럼,

현재와 미래의
여러 문제에.

꿈꾸며,
이 사회에서

모두 다
글 쓰는 여유 가지기를.

　프랑스 현대시인 귀유빅은 시인이 특별한 사람은 아니라고
했다. 시인은 다른 사람들과 같은 근로자이고 시민이며, 기계,

소음, 전쟁, 언론과 더불어 살고, 먹고, 자고, 세금 내고 하는 것을 문제로 삼는다고 했다. 현재와 미래의 여러 문제에 사로잡혀 있으면서, 모두 다 글 쓰는 여유를 가지게 되기를 바란다고 했다. 마지막 한 마디가 시인이 특별히 하는 말이고, 시 창작에 누구에게나 보람 있는 일임을 일깨워 준다.

제6장
시인의 소망

맥인터 James McIntyre, 〈시 Poetry〉

Poetry to us is given
As stars beautify the heaven,
Or, as the sunbeams when they gleam,
Sparkling so bright upon the stream ;
And the poetry of motion
Is ship sailing o'er the ocean
Or, when the bird doth graceful fly,
Seeming to float upon the sky;
For poetry is the pure cream
And essence of the common theme.

Poetic thoughts the mind doth fill,
When on broad plain to view a hill ;
On barren heath how it doth cheer
To see in distance herd of deer.
And poetry breathes in each flower
Nourished by the gentle shower,
In song of birds upon the trees
And humming of busy bees.
'Tis solace for the ills of life,
A soothing of the jars and strife;
For poets feel it a duty
To sing of both worth and beauty.

시는 우리에게 주어진다,
별들이 하늘을 아름답게 하듯이.
또는 햇빛이 반짝이며
물결을 빛나게 하듯이.
움직임에 관한 시는
대양을 넘어가는 배이다.
또는 우아하게 날아가는 새가

하늘에 떠다니는 것 같다.
시는 공통된 주제의
순수한 정수이고 본질이다.

시상이 일어나 마음을 채운다,
넓은 들에서 언덕을 쳐다보면,
관목이 무성한 황야에서 멀리
사슴의 무리 바라보며 기뻐하면.
그리고 시는 생기를 얻어 숨 쉰다,
부드러운 소나기를 맞은 꽃들에서.
나무 위 새들의 노래에서,
벌떼가 윙윙거리는 소리에서.
시는 삶의 질병을 치료하고
충격이나 다툼을 완화한다.
시인은 그런 의무를 지닌 줄 알아,
훌륭하고 아름다운 것을 노래한다.

  맥인터는 19세기 후반 캐나다 시인이다. 스코틀랜드에서 태어나 소년 시절에 부모를 따라 캐나다로 이주했다. 목재를 이용해 가구를 만들어 파는 일을 하면서 여유 있게 살았으며, 캐나다를 자랑스러운 나라로 생각했다. 나라를 옮겨 다녔으나 소외가 아닌 성취를 경험했다. 시를 지어 자기 삶을 더욱 풍요롭게 하고, 시인이 하는 일을 이렇게 옹호했다.
  시인은 자기만의 이상을 추구하거나 내면에 침잠하기나 하지 않고, 세상에 널리 유익한 일을 한다고 했다. "시는 삶의 질병을 치료하고/ 충격이나 다툼을 완화한다"는 것이 주장의 핵심이다. "시인은 그런 의무를 지닌 줄 알아, 훌륭하고 아름다운 것을 노래한다"고 했다. 좋은 시를 자기만족을 넘어서서 세상 사람들을 위해 널리 유익하게 만들어내 부르는 것이 시인의 의무라고 했다.
  널리 유익한 좋은 시는 어떻게 생겨나는가? 시의 앞 대목에서 이에 관해 길게 말했다. 좋은 시는 별이 빛나고, 물결이 반짝이고, 새가 날고, 벌떼가 윙윙거리고 하는 것들을 열거해 비유의 매체이면서 실체인 이중의 기능을 하도록 했다. 좋은 시는 그런 것들처럼 기쁨을 준다고 하고, 그런 것들에 관한 체험에서 생긴다고 했다.

유럽에서는 자연과 결별했다가 기력을 잃은 시를, 자연의 고장 캐나다에서 살려냈다. 넓은 들에서 언덕을 쳐다보고, 관목이 무성한 황야에서 멀리 사슴의 무리를 바라본다는 것은 캐나다에서 자랑하는 풍경이다. 구태의연한 소리라고 나무라지 말자. 사람 사는 곳들이 각기 달라 시가 더욱 다양해진다.

휘트맨 Walt Whitman, 〈내 자신의 노래 Song of Myself〉

I celebrate myself, and sing myself,
And what I assume you shall assume,
For every atom belonging to me as good belongs to you.

I loafe and invite my soul,
I lean and loafe at my ease observing a spear of summer grass.

My tongue, every atom of my blood, form'd from this soil, this air,
Born here of parents born here from parents the same, and their parents the same,
I, now thirty—seven years old in perfect health begin,
Hoping to cease not till death.

Creeds and schools in abeyance,
Retiring back a while sufficed at what they are, but never forgotten,
I harbor for good or bad, I permit to speak at every hazard,

Nature without check with original energy.

나는 나 자신을 찬미하고, 또한 노래한다.
내가 생각하는 것은 그대도 생각하리.
내가 지닌 모든 원자를 그대도 지니고 있으니까.

나는 한가로이 떠돌면서 내 영혼을 초대한다.
나는 몸을 숙이고 한가로이 떠돌다가 마음 편하게 여름
  풀잎의 작은 싹을 살펴본다.

나의 혀, 내 피의 모든 원자는 이 흙과 공기로 형성되었다.
부모에게서 이곳으로 태어나고, 부모도 부모에게서 마찬
  가지로 이곳으로 태어났으며, 그 부모도 마찬가지이다.
나는 지금 서른 일곱, 완전히 건강한 상태에서 시작한다.
죽을 때까지 멈추지 않기를 바란다.

신념이나 유파는 유보하고,
있는 그대로의 상태를 충분하게 여기고 잠시 물러나
  있어도 잊히지는 않으리라.
좋든 나쁘든 정박해 있으면서, 어떤 위험이 있어도
  말하기를 허용하리라,
억제되지 않고 원래의 활력을 지닌 자연을.

  미국 근대시인 휘트맨의 노래이다. 미국인답게 활달한 시를
자유로운 형식으로 지어 불렀다. 《풀잎Leaves of Grass》이라
는 시집 서두에 〈나 자신의 노래〉 52편이 있다. 그 가운데 첫
째 것을 든다.
  "그대"에게 하는 말로 시가 진행된다. "내가 생각하는 것은
그대도 생각하리"라고 하고, 둘은 같은 원자를 지니고 있어 같
은 사람이라고 했다. "원자"까지 들먹이면서 근원적인 일치를
말했다. 나의 노래가 우리의 노래이다. 우리의 노래를 자기가

앞서서 부를 따름임을 확인했다. 건강한 상태에서 마땅하게 할 일을 한다고 했다.

자기는 시인이어서 세상에 나서지 않고 물러나 있다고 했다. 신념이나 유파와 무관하게 지낸다고 했다. 그래도 다른 시인들처럼 비참하거나 고독하지 않다고 하고, 자기를 찬미하는 노래를 부른다고 했다. 다른 사람들과 연결되고, 역대 조상의 삶을 잇고 있으므로 자기 찬미가 인류 전체로 확대된다고 했다. 인류는 홀로 훌륭하지 않고 자연과 일체를 이룬다고 했다. 풀잎을 보고 "억제되지 않고 원래의 활력을 지닌 자연을" 발견하고 찬미하는 것이 가장 값진 일이라고 했다. 그래서 "나 자신의 노래"가 "풀잎의 노래"이다.

박목월, 〈무제(無題)〉

무제라는
제목을 달고
나의 시는
큰 방 같기를 열망한다
무심하고 넉넉하고
담담하면서도 크낙한 세계...
제목을 달 만한 마디는 풀리고
인생은 삭아내리고
계절이 바뀔 때마다
느낌이 살아날 때마다
무제라는
제목을 달고
구김살 없는 마음으로
삶을 생각하고
애련하지 않는 눈으로

산천을 바라보고
구름 흐르듯 흘러가는
나의 붓이
무제라는
제목을 달고
자식 기르고
사람을 생각하고
맺히지 않는 길 위에서
머리를 조아려
신을 모시고
남은 여생을
눈발이 뿌리는
겨울 장미 뜰에서
수굿하게 살아가는
나의 나날을
무제라는
제목을 달고
큰 안방 같기를
열망한다.

한국 현대시인 박목월은 〈무제〉라는 제목을 달고 무엇이든
지 포용하는 시를 쓰고 싶다고 했다. 구김살 없는 마음으로 삶
을 생각하고, 애련하지 않은 눈으로 산천을 바라보고, 자식을
기르고, 사람들을 생각하고 넉넉한 마음으로 수굿하게 살아가
는 여생을 넉넉하게 담는 큰 안방 같은 시를 쓰고 싶다고 했
다. 각박하게 살면서 좁은 마음으로 시비를 가려온 잘못을 반
성하면서 하는 말이다.

이선영, 〈21세기 시론〉

내 시가 아름답지 못해서
새끼 고양이가 거리 한복판에 버려졌다
내 시가 힘주어 말하지 못해서
한 소녀가 거리에서 싸늘하게 발견되었다
내 시가 멀리까지 닿지 못해서
소중한 마음의 결들이 상했다
내 시가 커다란 울림을 갖지 못해서
불쌍한 한 사람이 다른 불쌍한 한 사람을 해쳤다
세상이 움트는 씨앗을 밟으려는 마음과 스스로의 새순을
  자르고 싶은 마음과 씨앗이 말라버린 마음들로 붐빈다
휑휑한 마음의 주검들로 그득하다
이 세상에서 흉흉한 마음의 얼룩들이 가시지 않는 한
내 시는 계속 씌어지리라, 오래, 씌어져서
삶의 거친 나뭇결을 문지르는 사포가 되고
그 사포의 리듬을 따라 읊조리는
나지막하지만 끊이지 않는 허밍이 되리라

　한국 현대시인 이선영이 새로운 시대의 시론을 소박하지만
진지한 어조로 전개했다. 세상이 비정하고 삭막하며 살육이
자행되는 것은 자기 시가 무력한 탓이라고 하면서 책임을 느꼈
다. 흉흉한 마음을 어루만지고, 거친 삶을 부드럽게 하는 시를
쓰겠다고 다짐했다. 숙연한 자세로 시인의 사명을 확인했다.
시인이 구세주가 되어야 한다고 했다.
　시인이 구세주이고자 한 것은 지나친 소망이다. 책임지겠다
는 범위를 너무 넓고 크게 잡아 감당하지 못하고 말았다. 지금
까지 무력하기만 하다고 개탄한 시가 이제부터는 어떻게 마음
을 어루만지고 삶을 부드럽게 할 수 있는지 의문이다. "나뭇결
을 문지르는 사포"가 되겠다고 한 것은 전달하는 내용과 방식

이 둘 다 적절하다고 하기 어렵다. 문질러 깎아내리는 것이 감동이나 감화일 수 없다.

로손Henry Lawson, 〈시인의 정신The Soul of a Poet〉

I have written, long years I have written,
For the sake of my people and right,
I was true when the iron had bitten
Deep into my soul in the night;
I wrote not for praise nor for money,
I craved but the soul and the pen,
And I felt not the sting in the honey
Of writing the kindness of men.

You read and you saw without seeing,
My work seemed a trifle apart,
While the truth of things thrilled through my being,
And the wrong of things murdered my heart!
Cast out, and despised and neglected,
And weak, and in fear, and in debt,
My songs, mutilated! rejected!
Shall ring through the Commonwealth yet!

And you to the pure and the guileless,
And the peace of your comfort and pride —
You have mocked at my bodily vileness,
You have tempted and cast me aside.
But wronged, and cast out, drink-sodden,
But shunned, and "insane" and unclean,
I have dared where few others have trodden,
I have seen what few others have seen.

I have seen your souls bare for a season!
I have heard as a deaf man can hear!
I have seen you deprived of your reason
And stricken with deadliest fear.
And when beautiful night hid the shocking
Black shame of the day that was past,
I felt the Great Universe rocking
With the truth that was coming at last.

나는 오랫동안 시를 써왔다,
민중을 위하고 정의를 위해,
밤이면 정신 깊은 곳에다
쇳물을 부은 것이 사실이다.
칭찬이나 돈은 바라지 않았다.
열망한 것은 오직 정신과 펜이다.
고통으로 느껴지지 않고 감미로웠다,
사람들의 친절에 관해 쓰는 것이.

너는 읽고 보지만 통찰력은 없구나.
내 작품은 조금 물러나 있는 것 같다.
사물의 진실이 내 몸을 떨게 하고,
사물의 허위가 내 마음을 살해한다.
던져지고, 무시되고, 잊혀지고,
약해지고, 두려워하고, 빚진 채로
갈라지고 거부된 나의 노래가
영연방 전역에서 아직 울릴 것인가.

순수하기만 하고 악의 없는 너는
편안을 자랑하는 평화를 누리면서,
내 몸이 비열하다고 조롱했다.
나를 유혹하고는 버리려고 했다.

그러나 모욕당하고, 추방되고, 취했어도,
그러나 배척되고, 미치고 더럽다 해도,
나는 전인미답의 경지에 들어섰다.
본 사람이 거의 없는 것들을 보았다.

너의 정신이 한동안 헐벗은 것을 알았다.
나는 귀머거리가 듣는 것처럼 들었다.
네가 이성을 상실해 정신없는 상태에서
최악의 두려움에 사로잡힌 것을 알았다.
아름다운 밤이 충격적인 것을 숨기고
백주의 부끄러움도 사라진 다음에는,
나는 느낀다, 대우주가 움직이는
그 진실이 마침내 다가오는 것을.

　로손은 오스트랄리어 근대시인이다. 14세에 청력을 잃었다.
노동을 하면서 어렵게 사는 처지에서 시를 쓰는 데서 보람을
찾았다. 결혼 생활이 불행으로 끝나고 알콜 중독자가 되었으
며, 자살을 시도했다. 감옥에서 생을 마감했다. 살아가기 힘들
고 정신이 척박한 곳에서 시를 쓰기 위해 분투한 성과가 뒤늦
게 알려져 오스트랄리어 문학의 개척자로 평가된다.
　시인은 험난한 길을 간다고 했다. 시를 쓰는 것은 안이하
게 사는 것을 거부하고 세상과 맞서는 투쟁이라고 했다. 민중
을 위하고 정의를 위해, 진실을 탐구하려고 비상한 고난을 겪
는다고 했다. 노력한 성과인 자기 작품이 제대로 이해되지 못
하고 있다고 분노했다. "너"라고 한 상대방은 특정인이 아니고
시의 독자 전부이다. 보들래르가 "위선의 독자"에게 퍼부은 것
보다 훨씬 심한 독설로 시를 이어나가다가 마지막 대목에서는
낙관론을 폈다. 자기 시가 모든 고난을 이겨내고 대우주의 진
실을 밝히는 데까지 이를 것이라고 했다.

마종기, 〈시인의 용도〉

시인이 되고 싶습니다.
시인의 용도는 무엇입니까?
이디오피아에서, 소말리아에서
중앙아프리카에서
굶고 굶어서 가죽만 거칠어진
수백 수천의 어린이가 검게 말라서
매일 쓰레기처럼 죽고 있습니다.
참보디아에서, 베트남에서
오늘은 해골을 굴리고 놀고
내일은 정글 진흙탕 속에 죽는 어린이.
열 살이면 사람 죽이는 법을 배우고
열두 살이면 기관단총을 쏘아댑니다.
엘 살바돌에서, 니카라과에서
중앙아메리카에서, 남아메리카에서
해뜨고 해질 때까지 온종일
오른쪽은 왼쪽을 씹고
왼쪽은 오른쪽을 까고
대가리는 꼬리를 먹고
꼬리는 대가리를 치다가 죽고.
하루도 그치지 않는 총소리,
하루도 쉬지 않는 살인
하느님 시인의 용도는 어디 있습니까?

이란에서, 이라크에서, 이스라엘에서
레바논에서, 시베리아 벌판에서
세계의 방방곡곡에서
하느님, 시인의 용도는 무엇입니까?
남들의 슬픔을 들으면 눈물이 나고 가슴이 아프고

남들이 고통 끝에 일어나면
감동하여 뒷간에서 발을 구릅니다.
어느 시인이 쓴 투쟁의 노래는 용감하지만
내게 직접 그 고통이 올 때까지는
어느 시인이 쓴 위로의 노래는 비감하지만
유혹에 빠지지 말라고 하신 하느님
그러나 시인의 용도는 무엇입니까?

마종기는 미국에 살고 있는 한국 현대시인이다. 시인의 용도
가 무엇인가 하는 문제를 제기하고, 이렇게 말했다. 내면에서
추구하는 가치를 평가하려고 하지 않고, 시선을 밖으로 돌려
세계 곳곳에서 벌어지는 인류의 참상을 해결하기 위해 시인이
기여할 수 있는가 물었다.

그러나 참상을 열거해 구경거리로 삼기나 하고 그 어느 곳에
도 직접 뛰어들지 않는다. 현장에서 투쟁하는 긴장이나 위험
이 없어 말을 쉽게 한다. 의문을 스스로 해결하려고 하지 않고
하느님에게 묻는다. 하느님이 답을 줄 때까지는 움직이지 말
고 기다리겠다고 한다면 무책임하기 이를 데 없다.

조태일, 〈시를 생각하며〉

도무지 시를 생각할 수 없도록
바삐 돌아가는 세상 속에서
눈을 감고 두근거리는 가슴 열어
이렇게 중얼거려본다.

도대체 시가 무엇이길래
남들이 그렇게 소중히 하는
가정까지를 버리는가.

도대체 시가 무엇이길래
질서를 버리는가.

도무지 시를 사랑할 힘마저 빠져
지쳐 늘어지고 싶은 날엔
살을 꼬집어 아파아파하며
이렇게 중얼거려본다.

도대체 시가 무엇이길래
육신과 영혼을 이끌고 지옥까지 들어가는가.
도대체 시가 무엇이길래
나라 앞에서 초개처럼
하나뿐인 목숨까지 열어놓고 바치는가.

시를 안 쓰고는 못 배길 그런 날은
오랫동안 버렸던 펜을 들기 전에
이렇게 중얼거려본다.

도대체 시가 무엇이길래
목숨 걸고 자기를 주장하는가
속으로 차오르는 말을 풀어놓는가

시보다 더 자유로운 세계를 찾아서
나는 시를 썼던가. 쓸 것인가.

조태일은 한국 현대시인의 다른 처지를 보여준다. 국내에서
벌어지는 처절한 상황에서 고민하면서 온몸으로 투쟁하는 현
장에서 시가 무엇을 할 수 있는지 자기 자신에게 심각하게 물
었다. 다른 누구도 말을 듣고 해답을 줄 수 없다. 자기 자신과
최후의 담판을 하지 않을 수 없는 위기에 몰렸다.

이 시에는 구경꾼의 안이함이 없고, 당사자의 절박함만 있다. 상황이 어떻게 벌어지는지 열거하지 않았다. 열거할 겨를이 없다. 열거하지 않아도 밀착되어 있는 독자는 잘 알고 있다. 섣불리 열거하면 시를 써서 발표할 수 없다.

"시는 무엇이다"라고 말하지 않고 "시는 무엇이길래"라고 말해, 시를 쓰지 않을 수 없는 이유를 찾았다. 가정을 버리고 목숨까지 열어놓고 시를 쓰는 것은 "시보다 더 자유로운 세계를" 찾기 위해서라고 했다. 이렇게 말한 마지막의 한마디에 해답이 있다.

시가 자유로워야 자유로운 세계를 찾을 수 있다. 자유로운 세계의 자유는 시가 누릴 수 있는 자유보다 더 크다. 시가 자유롭게 되는 것은 자유로운 세계로 나아가는 과정이고 방법이다. 자유로운 세계를 찾지 못했으며, 아직 시가 자유로운 것도 아니다. 그래서 시인은 먼저 자기가 자신과 투쟁한다.

정약용(丁若鏞), 〈근심이 온다(憂來)〉

脣焦口旣乾
舌敝喉亦嗄
無人解余意
駸駸天欲夜

醉登北山哭
哭聲干蒼穹
傍人不解意
謂我悲身窮

酗誶千夫裏
端然一士莊
千夫萬手指
謂此一夫狂

紛綸眼前事
無一不失當
無緣得整頓
撫念徒自傷

입술이 타고 입은 마르고,
혀는 갈라지고 목이 쉬었다.
내 뜻을 알아주는 이 없고,
빨리빨리 날이 저문다.

취해 북산에 올라 통곡하니
울음소리 하늘에 사무치건만,
옆 사람 무슨 뜻인지 모르고
나더러 신세 궁해 운다고 하네.

취해 떠드는 천 명 가운데
단정한 선비 하나 있으면,
천 명 모두가 손가락질하며
한 사람은 미쳤다고 한다네.

헝클어져 있는 눈앞의 일들
올바른 것 하나도 없구나.
바로잡을 인연이 없으면서
생각하면 공연히 마음 상한다.

　한국 조선후기 시인 정약용은 세상을 근심하면서 〈근심이 온
다〉라는 시를 이렇게 지었다. 모두 12장인데, 제4·5·6·8
장만 든다. 세상 일이 헝클어진 것을 그대로 두고 볼 수 없어
바로잡으려고 고민하다가 입이 마르고 목이 쉬고, 마침내 통
곡한다고 했다. 그래도 이루어지는 것은 없어 이해 못하는 사
람들의 비방만 듣는다고 탄식했다.

시가 해결책일 수는 없다. 그러나 탄식하고 통곡한다는 말을 시가 아니면 나타낼 수 없다. 시인이고자 한 것은 아니지만 시인이지 않을 수 없다.

제7장
시인의 자화상: 외모

백거이(白居易), 〈초상화를 보면서(自題寫眞)〉

我貌不自識
李放寫我眞
靜觀神與骨
合是山中人
蒲柳質易朽
麋鹿心難馴
何事赤墀上
五年爲侍臣
況多剛狷性
難與世同塵
不惟非貴相
但恐生禍因
宜當早罷去
收取雲泉身

내 모습을 나는 몰랐더니
이방이 초상화를 그렸네.
신기와 골격을 가만히 살피니
산 속에 살 사람의 모습이다.
갯버들 체질이라 쉽게 시들고
뿔사슴 마음이라 길들이기 어렵네.
무슨 일로 대궐에 올라가
오 년 동안이나 신하 노릇을 했는가.
하물며 고집과 고지식함이 많아
세속의 무리와 어울리기 어려워라.
귀골의 상이 아닐 뿐만 아니라
화를 부르는 빌미일까 두려워라.
마땅히 일찍 파직하고 물러나
산과 물에 사는 처신을 택하리라.

　　중국 당나라 시인 백거이가 자기 초상화를 보고 지은 시이다. 초상화는 다른 사람이 그렸으나, 시는 자화상이다. 한시에는 자화상이라고 명시한 것이 없어 이런 작품을 들어 논하는 것이 마땅하다.

신기와 골격을 전체적으로 살피고 하나하나 뜯어보지는 않았다. 용모를 보고 성격을 판단해, 고집과 고지식이 많아 남들과 어울리지 못하고, 귀골의 상이 아닐 뿐만 아니라, 화를 부르는 빌미를 제공하는 모습이라고 했다. 자기 자신을 비하하고, 처신할 방도를 말했다. 산속에 살 사람이 세상에 나와서 벼슬하는 것이 마땅하지 않다고 했다.

이규보(李奎報), 〈**스스로 조롱함, 서울에 간 다음에 짓다**(自嘲 入京後作)〉

冷肩高磊落
病髮短蕭踈
誰使爾孤直
不隨時卷舒
誣成市有虎
正坐水無魚
只合作農老
歸耕日荷鋤

움츠려야 할 어깨를 마구 높이고,
병든 머리털은 짧고도 성기구나.
누가 너에게 혼자 골으라고 해서
세태 따라 처신하지 못하게 했는가?
모함이 거듭되면 거짓을 믿게 되고,
고기 없는 물이라고서 죄를 받았네.
농사꾼 되는 것이 제격에 맞으니,
돌아가 농사지으려고 호미나 메리라.

한국 고려시대 시인 이규보는 자기 모습에 관해 이런 시를 지었다. 서울에 가서 벼슬을 하니 가소롭게 되었다고 했다. 처음 두 줄에서 외모를 그리면서 성격을 말하고, 셋째 줄부터는 처신을 문제 삼았다.

"冷肩"이라는 말은 보수가 적고 지위가 낮은 보잘것없는 벼슬을 "冷官"이라고 하는 것과 관련이 된다. "市有虎"라는 말은 《전국책》(戰國策)에 있는 "三人成虎"에서 가져왔다. 저자에 호랑이가 나타났다는 터무니없는 소문이라도 세 사람이 하면 믿게 된다는 말이다. "水無魚"는 너무 맑아 고기가 없는 물이다.

릴케Rainer Maria Rilke, 〈**자화상**Selbstbildnis〉

Des alten lange adligen Geschlechtes
Feststehendes im Augenbogenbau.
Im Blicke noch der Kindheit Angst und Blau
und Demut da und dort, nicht eines Knechtes
doch eines Dienenden und einer Frau.
Der Mund als Mund gemacht, groß und genau,
nicht überredend, aber ein Gerechtes
Aussagendes. Die Stirne ohne Schlechtes
und gern im Schatten stiller Niederschau.

Das, als Zusammenhang, erst nur geahnt;
noch nie im Leiden oder im Gelingen
zusammengefaßt zu dauerndem Durchdringen,
doch so, als wäre mit zerstreuten Dingen
von fern ein Ernstes, Wirkliches geplant.

오랜 내력의 귀족 가문 출신임이
눈썹에 분명하게 나타나 있다.
눈매에는 아직도 여기 저기

초년의 불안, 푸름, 겸손이 보이고,
하인은 아닌 봉사자나 여성의 모습이다.
입은 입답게 크고 분명하게 생겨,
설득이 되지 않아도 진실을 말한다.
순진하게 생긴 이마를 조용히 숙여
그늘지게 하는 것을 좋아한다.

이런 모습 모두, 얼핏 보아도,
고뇌나 성공을 대단하게 여겨
줄곧 밀고나가려고 하지는 않는다.
가능하다면, 흩어져 있는 것들이
지속되고 진실되게 하려고 구상한다.

　독일어시인 릴케가 자기 외모를 그린 자화상의 좋은 본보기
를 마련했다. 릴케의 다른 작품에서처럼 어렵고 복잡한 말은
하지 않아 쉽게 다가갈 수 있다. 눈·입·이마가 어떻게 생겼
는지 차례대로 그린 그림이다. 눈에 귀족의 품격, 초년의 순진
함, 봉사자의 겸손이 함께 나타나 있다고 했다. 입은 크고 분
명해 설득이 되지 않아도 진실을 말한다고 했다. 이마를 숙여
그늘지게 한다고 한 것은 명상하는 자세이다. 자기를 비하하
지 않고 어느 정도 자부심을 가진다고 하는 범속한 자화상을
그렸다.

　고난이나 성공을 대단하게 여겨 줄곧 밀고나가려고 하지 않
는다고 한 것은 세속의 일에 관심이 적다는 말이다. 그러다가
마지막 대목에서는 한걸음 더 나아가 예사 사람은 하지 않을
말을 했다. 용모와 관련된 갖가지 발상을 가지고 오래 지속되
고 진실한 창조물을 만들려고 시인은 구상한다고 했다. 시인
의 시인다움은 사는 방식 자체가 남다른 데 있지 않고, 살면서
얻은 바를 재창조하는 작업이 특이하기 때문이라고 했다.

노천명, 〈자화상〉

5척 1촌 5푼 키에 2촌이 부족한 불만이 있다. 부얼부얼
한 맛은 전혀 잊어버린 얼굴이다. 몹시 차 보여서 좀체
로 가까이하기 어려워한다.
그린 듯 술한 눈썹도 큼직한 눈에는 어울리는 듯도 싶다
마는...
전시대(前時代) 같으면 환영을 받았을 삼단 같은 머리는
클럼지한 손에 예술품답지 않게 얹혀져 가냘픈 몸에 무
게를 준다. 조그마한 거리낌에도 밤잠을 못 자고 괴로
워하는 성격은 살이 머물지 못하게 학대를 했을 게다.
꼭 다문 입은 괴로움을 내뿜기보다 흔히는 혼자 삼켜 버
리는 서글픈 버릇이 있다. 삼 온스의 살만 더 있어도 무
척 생색나게 내 얼굴에 쓸 데가 있는 것을 잘 알건만 무
디지 못한 성격과는 타협하기가 어렵다.
처신을 하는 데도 산도야지처럼 대담하지 못하고 조그만
유언비어에도 비겁하게 삼긴다. 대[竹]처럼 꺾어는 질
지언정
구리[銅]처럼 휘어지며 꾸부러지기가 어려운 성격은 가
끔 자신을 괴롭힌다.

　한국 현대시인 노천명은 자기 모습을 이렇게 그렸다. 키, 얼
굴, 눈썹, 눈, 머리카락, 입, 살을 다 그려 갖출 것을 다 갖춘
그림이다. 모두 정상에서 벗어나 못났다고 하고 비하하고 자
학하는 말을 보탰다. 너무 예민하고 남들과 타협하지 못해 괴
롭게 산다고 했다. "클럼지"(clumsy: 꼴사나운), "온스"(once:
28.35g) 같은 외래어를 사용해 이질감을 보탰다.
　발상과 표현이 너무 단순하다. 모습이나 사는 방식이 시 창
작과 어떤 관련이 있는지는 말하지 않았다. 시인이 지은 자화
상이기만 하고, 시인의 자화상은 아니다.

김현승, 〈자화상〉

내 목이 가늘어 회의에 기울기 좋고,

혈액은 철분이 셋에 눈물이 일곱이기
포효(咆哮)보담 술을 마시는 나이팅게일…

마흔이 넘은 그보다도
뺨이 쪼들어
연애엔 아주 실망이고,

눈이 커서 눈이 서러워
모질고 사특하진 않으나,
신앙과 이웃들에게 자못 길들기 어려운 나――

사랑이고 원수고 몰아쳐 허허 웃어 버리는
비만한 모가지일 수 없는 나――

내가 죽는 날
단테의 연옥(煉獄)에선 어느 비문(扉門)이 열리려나?

한국 현대시인 김현승도 자화상 시를 지어 자기 용모를 그렸다. 목이 가늘고, 뺨이 졸아들고, 눈이 크다고 했다. "쪼들고"는 "졸아들고"라는 말이다. 이러한 모습이 모두 바람직하지 않은 행태와 연관된다고 했다. 목이 가늘어 회의에 기울기 좋다고 했다. 나이 마흔 넘어 뺨이 졸아든 탓에 연애에는 아주 실망이라고 했다. 눈이 크고 서러워 신앙에 적응하지 못하고, 이웃 사람들과 잘 지내지 못한다고 했다. 부적응으로 일관했다고 자탄하고, 평가 받을 만한 행적이 없이, 죽으면 천국은 생각할 수 없고, 단테가 말한 연옥의 문이라도 열릴 것으로 염려했다.

둘째 연에는 알기 어려운 말이 있다. 외모가 아닌 혈액에 대해서 말했다. 혈액이 철분 3, 눈물 7의 비중으로 이루어졌다는 것은 서러움을 타고났다는 말이라고 할 수 있다. "포효(砲哮) 보담 술을 마시는 나이팅게일…"은 무슨 뜻인가? 서러움을 타고나 술을 마신다고 하는 것은 이해되지만, 앞뒤에 붙은 말이 무엇인가? '나이팅게일'은 꾀꼬리처럼 아름답게 우는 새인데 울부짖는다는 뜻의 '포효'와 맞지 않는다. 외모와 관련된 자탄 이상의 깊은 생각을 하려고 하다가 길을 잃은 것 같다.

제8장
시인의 자화상: 생애

도연명(陶淵明), 〈옛 시를 본떠서 5(擬古 五)〉

東方有一士
被服常不完
三旬九遇食
十年著一冠
辛勤無此比
常有好容顔
我欲觀其人
晨去越河關
青松夾路生
白雲宿檐端
知我故來意
取琴爲我彈
上弦驚別鶴
下弦操孤鸞
願留就君住
從今至歲寒

동방에 한 선비 있으니,
옷차림이 늘 온전하지 못하네.
한 달에 아홉 번 밥을 먹고
십년 동안 쓰는 갓이 하나뿐,
괴로움이 이에 더할 수 없어도
언제나 좋은 얼굴을 하고 있네.
나는 그 사람이 보고 싶어서
새벽에 떠나 황화 관문 넘었다.
푸른 솔이 길을 끼고 서 있고,
흰 구름은 처마 밑에 머물렀다.
내가 찾아간 뜻을 알아내서
거문고 잡고 나를 위해 타면서,
위의 줄은 떠나는 학 놀라게 하고,

아래 줄로 외로운 난새를 잡는다.
원컨대 그대가 있는 곳에 머물러
세한이 이를 때까지 있으리라.

   도연명은 동아시아 한사(寒士) 문학의 연원을 마련해 높이
평가된다. "東方有一士"의 삶을 말한다고 하고 자기 자신을 그
렸다. 다른 사람을 들어 자기가 누구인지 말했다. 가난하고 어
렵게 살면서도 언제나 좋은 얼굴을 하고 있는 선비이다. 거문
고를 타니 학이나 난새가 와서 춤을 추는 고결한 정신을 지니
고 있다고 했다. 마지막 구절에서 그 선비와 더불어 살면서 세
한의 시련을 견디는 지혜를 본받고 싶다고 했다.
   "歲寒"은 설 무렵의 추위이며 견디기 어려운 시련을 뜻한다.
《논어(論語)》"子曰 歲寒 然後 知松柏之後凋也"(〈子罕〉)에서
"세한이 닥친 후에 소나무와 잣나무가 나중에 시드는 것을 알
수 있다"고 한 데서 유래한 말이다. 김정희의 그림 〈세한도(歲
寒圖)〉에서 이런 뜻을 나타냈다.

두보(杜甫), 〈**산골에서 살아가며 지은 노래**(乾元中寓
居同谷縣作歌)〉

有客有客字子美
白頭亂髮垂過耳
歲拾橡栗隨狙公
天寒日暮山谷裡
中原無書歸不得
手腳凍皴皮肉死
嗚呼一歌兮歌已哀
悲風為我從天來

나그네, 자를 자미라는 나그네 있어,
흰 머리칼 헝클어져 귀까지 덮었네.

해마다 원숭이를 따라 도토리 줍는다.
하늘이 차고 날이 저무는 산골짜기에서.
중원에서는 소식이 없어 돌아가지 못하고,
손발이 얼어터지고 살갗이 썩는다.
아아, 첫 노래 부르니 노래 애처롭구나.
슬픈 바람 나를 위해 하늘에서 불어대네.

　당나라 시인 두보가 자기를 두고 지은 시이다. 원제가 긴 것
을 줄여서 번역했다. "乾元"은 당숙종(唐肅宗)의 두 번째 연호
로 758년 2월부터 760년 윤4월까지 3년 남짓 동안 사용되었
다. 이 말은 시제 번역에서 뺐다. "同谷縣"이라는 지명은 "산
골"이라고 옮겼다. 모두 7수인데, 처음 것만 든다.
　어느 나그네의 모습을 그린다고 했으나 "子美"가 자기의 자
(字)이다. 초라한 행색으로 어렵게 살아가면서 멀리 떠나와 돌
아가지 못하는 것을 한탄한다고 했다. 시인의 삶은 시련의 연
속인 데다가 난리를 만나 수난이 겹쳤다. 도연명처럼 좋은 얼
굴을 하고 거문고를 타지도 못하고 슬픈 바람에 애처로운 노래
를 부른다고 했다.

김시습(金時習) 〈나에게(自貽)〉

處士本閑雅
早歲好大道
志與時事乖
紅塵跡如掃
少小遊名山
陋俗不交好
晚居瀑布傍
欲作淸溪老
世人那得知

尋常稱潦倒
處士亦不猜
每被風花惱
隱顯或無時
期往蓬萊島

처사는 본래 조용하고 우아하며,
어려서부터 큰 도리를 좋아했다.
뜻한 바가 세상일과 어긋나서,
붉은 티끌 흔적은 쓸어버렸다.
젊은 시절에는 명산에서 노닐고,
속된 무리 사귐 좋아하지 않았네.
만년에는 폭포 곁에 머물면서,
맑은 시내 늙은이고자 한다.
세상 사람들이 어찌 알겠나.
흔히 신세 망쳤다고 비웃는구나.
처사는 그래도 아랑곳 않고,
바람 맞은 꽃이나 근심한다.
들고 나는 것을 아무 때나 하다가,
봉래도에 가는 것은 기약한다.

　한국 조선전기 시인 김시습의 시이다. 김시습은 세상에서 뜻을 이루지 못해 방랑하고 다니고 승려 노릇도 하면서 자기의 생애를 한탄하고 심정을 술회한 시를 많이 남겼다. 이 시는 처사라고 일컫은 자기에게 준다고 한 것이다. "紅塵"은 속세의 티끌이라는 뜻이며, 벼슬하는 사람의 삶을 깨끗하지 못하다고 여기면서 일컫는 데 쓰는 말이다. "蓬萊島"는 신선이 사는 곳이다.

포오Edgar Allan Poe, 〈홀로Alone〉

From childhood's hour I have not been
As others were—I have not seen
As others saw—I could not bring
My passions from a common spring—
From the same source I have not taken
My sorrow—I could not awaken
My heart to joy at the same tone—
And all I lov'd—I lov'd alone—
Then—in my childhood—in the dawn
Of a most stormy life—was drawn
From ev'ry depth of good and ill
The mystery which binds me still—
From the torrent, or the fountain—
From the red cliff of the mountain—
From the sun that 'round me roll'd
In its autumn tint of gold—
From the lightning in the sky
As it pass'd me flying by—
From the thunder, and the storm—
And the cloud that took the form
(When the rest of Heaven was blue)
Of a demon in my view—

어린 시절부터 나는
남들과 같지 않았다.
남들처럼 보지 않았다.
봄에도 신명이 나지 않았다.
다들 슬퍼하는 일이 있어도
나는 슬프지 않았다.
기뻐하는 방식이 별나고,
좋아하는 것도 남달랐다.

일찍이 격동의 생애 새벽
선악의 깊은 층위에서
신비로운 것이 유래해
나를 아직도 얽매고 있다.
급류나 샘물에서
산 속 붉은 벼랑에서.
가을의 금빛을 띠고
내 주위를 도는 태양에서.
나를 스쳐 지나가는
하늘의 번개에서.
천둥과 폭풍에서.
구름 모양이 이상해
(다른 곳의 하늘은 다 푸른데)
내가 보기에는 괴물인 데서.

   미국의 근대시인 포오는 고독한 예외자로 살면서 자기 혼자
만의 신이한 생각을 하는 작품을 남겼다. 이 자화상 시에서 그
런 생애를 되돌아보았다. 어린 시절부터 남들과 같지 않아 평
생 다른 길을 간다고 했다.

   1–8행에서는 감정이나 생각이 특이하다고 했다. 9–12행
에서는 신비로운 무엇을 발견하고 평생토록 빠져나오지 못
한다고 하고, 그 출처가 선악에 대한 깊은 인식이라고 했다.
13–22행에서는 신비로운 것이 자연의 여러 모습에서 확인된
다고 다시 말했다. 말미에서 다른 곳의 하늘은 다 푸른데 자기
가 보기에는 괴물 모습을 하고 있는 구름을 특별히 거론했다.

   그 괴물은 고독한 예외자인 자기 자신이다. 괴물의 관점에
서 모든 대상, 인간의 선악에서 자연의 변화까지 의문을 가지
고 인식하니 어느 것이든지 신이롭다. 이것은 포오뿐만 아니
라 다른 여러 시인 또한 남다른 점이다.

보들래르Charles Baudelaire, 〈은총Bénédiction〉

Lorsque, par un décret des puissances suprêmes,
Le Poète apparaît en ce monde ennuyé,
Sa mère épouvantée et pleine de blasphèmes
Crispe ses poings vers Dieu, qui la prend en pitié :

— «Ah! que n'ai-je mis bas tout un noeud de vipères,
Plutôt que de nourrir cette dérision!
Maudite soit la nuit aux plaisirs éphémères
Où mon ventre a conçu mon expiation!

Puisque tu m'as choisie entre toutes les femmes
Pour être le dégoût de mon triste mari,
Et que je ne puis pas rejeter dans les flammes,
Comme un billet d'amour, ce monstre rabougri,

Je ferai rejaillir ta haine qui m'accable
Sur l'instrument maudit de tes méchancetés,
Et je tordrai si bien cet arbre misérable,
Qu'il ne pourra pousser ses boutons empestés!»

Elle ravale ainsi l'écume de sa haine,
Et, ne comprenant pas les desseins éternels,
Elle-même prépare au fond de la Géhenne
Les bûchers consacrés aux crimes maternels.

Pourtant, sous la tutelle invisible d'un Ange,
L'Enfant déshérité s'enivre de soleil
Et dans tout ce qu'il boit et dans tout ce qu'il mange
Retrouve l'ambroisie et le nectar vermeil.

Il joue avec le vent, cause avec le nuage,
Et s'enivre en chantant du chemin de la croix;

Et l'Esprit qui le suit dans son pèlerinage
Pleure de le voir gai comme un oiseau des bois.

Tous ceux qu'il veut aimer l'observent avec crainte,
Ou bien, s'enhardissant de sa tranquillité,
Cherchent à qui saura lui tirer une plainte,
Et font sur lui l'essai de leur férocité.

Dans le pain et le vin destinés à sa bouche
Ils mêlent de la cendre avec d'impurs crachats;
Avec hypocrisie ils jettent ce qu'il touche,
Et s'accusent d'avoir mis leurs pieds dans ses pas.

Sa femme va criant sur les places publiques:
«Puisqu'il me trouve assez belle pour m'adorer,
Je ferai le métier des idoles antiques,
Et comme elles je veux me faire redorer;

Et je me soûlerai de nard, d'encens, de myrrhe,
De génuflexions, de viandes et de vins,
Pour savoir si je puis dans un coeur qui m'admire
Usurper en riant les hommages divins!

Et, quand je m'ennuierai de ces farces impies,
Je poserai sur lui ma frêle et forte main;
Et mes ongles, pareils aux ongles des harpies,
Sauront jusqu'à son coeur se frayer un chemin.

Comme un tout jeune oiseau qui tremble et qui palpite,
J'arracherai ce coeur tout rouge de son sein,
Et, pour rassasier ma bête favorite
Je le lui jetterai par terre avec dédain!»

Vers le Ciel, où son oeil voit un trône splendide,

Le Poète serein lève ses bras pieux
Et les vastes éclairs de son esprit lucide
Lui dérobent l'aspect des peuples furieux:

— «Soyez béni, mon Dieu, qui donnez la souffrance
Comme un divin remède à nos impuretés
Et comme la meilleure et la plus pure essence
Qui prépare les forts aux saintes voluptés!

Je sais que vous gardez une place au Poète
Dans les rangs bienheureux des saintes Légions,
Et que vous l'invitez à l'éternelle fête
Des Trônes, des Vertus, des Dominations.

Je sais que la douleur est la noblesse unique
Où ne mordront jamais la terre et les enfers,
Et qu'il faut pour tresser ma couronne mystique
Imposer tous les temps et tous les univers.

Mais les bijoux perdus de l'antique Palmyre,
Les métaux inconnus, les perles de la mer,
Par votre main montés, ne pourraient pas suffire
A ce beau diadème éblouissant et clair;

Car il ne sera fait que de pure lumière,
Puisée au foyer saint des rayons primitifs,
Et dont les yeux mortels, dans leur splendeur entière,
Ne sont que des miroirs obscurcis et plaintifs!»

최고의 권력이 내린 명령에 따라
시인이 이 괴로운 세상에 태어날 때,
어머니는 놀라 저주의 주먹을 내지르니
하느님이 가엾게 여겨 보듬어 주었다.

"아, 내가 왜 독사 무더기를 낳지 않았나,
이 비웃음거리를 키우기보다 나을 것인데.
잠시 동안 쾌락을 탐낸 밤이 저주스럽다,
속죄해야 할 것을 뱃속에 잉태하다니.

당신이 수많은 여자 가운데 나를 골라내
못난 남편에게서 모욕을 받도록 해서,
나는 불속에 던져 넣어 없애지 못했구나
연애편지 나부랭이처럼, 이 괴물 장애아를.

나를 짓누르고 있는 당신의 증오를
당신 악행의 저주스러운 수단에다 반납하고,
나는 이 가여운 나무를 아주 모질게 비틀어.
냄새나는 싹조차도 돋아나지 못하게 하련다."

어머니는 이렇게 증오의 거품을 삼키고,
영원한 계획이 있는 것을 이해하지 못해,
지옥 한가운데 들어가 스스로 준비했다,
모성의 범죄자를 처형하는 화형대를.

그러나 보이지 않는 천사가 이끌어주어
버림받은 자식은 햇빛을 담뿍 받고,
무엇을 마시든 무엇을 먹든 어느 때든
최상의 자양분, 진귀한 보약을 섭취했다.

바람과 함께 놀고, 구름을 상대로 이야기하고,
네거리에서 노래를 부르면서 즐거워했다.
그가 돌아다니는 대로 따라가는 천사가
숲속의 새처럼 기쁜 것을 보고 눈물 흘렸다.

사랑을 받는 모든 사람이 그를 불안하게 살폈다.
그가 조용하게 있을 때이면 용기를 얻어서
탄식의 소리가 나오게 누가 할 것인지 찾고
그를 괴롭히는 사나운 짓을 하려고 했다.

그가 먹기로 되어 있는 빵이나 포도주에
그 녀석들은 재를 뿌리고 가래침을 뱉었다.
그가 손대는 모든 것을 기만이라면서 내던졌다.
그의 발자국을 밟으면 잘못되었다고 나무랐다.

그의 아내는 광장에 나서서 외쳤다.
"그가 나를 찬미할 만큼 아름답다고 하니
나는 고대인의 우상 노릇을 하기로 한다,
그 우상들처럼 내게 금빛을 입히리라.

나는 나를 갖가지 향내로 취하게 하고
공손하게 바치는 고기와 술을 즐기리라.
내가 나를 찬미하는 속마음으로 웃으면서
신에 대한 경배를 앗을지 알아보리라.

불경스러운 광대놀음을 하다가 지치면,
가늘지만 완강한 손을 그에게 내밀고,
독수리 발톱 같이 날카로운 내 손톱을
그의 심장까지 넣어 길을 찾아 나가리라.

떨면서 퍼덕거리는 어린 새처럼 다루어
나는 그의 가슴에서 심장을 끄집어내서,
내 애완동물이나 배불리 먹이기 위해,
멸시를 하면서 땅에다 내팽개칠 것이다."

빛나는 옥좌가 보이는 하늘을 향해
엄숙한 시인이 경건한 팔을 들어올린다.
맑은 정신에서 나와서 넓게 퍼지는 빛이
분노한 사람들의 모습을 씻어낸다.

"하느님, 축복받으소서 성스러운 고통으로
우리의 불순함을 치료해주신 분이시여,
가장 훌륭하고 순수하고 본질적인 것으로
강한 자들을 위해 신성한 쾌락을 준비하셨어요.

당신께서 시인의 자리를 마련해두신 것을 압니다,
신성한 장소에서 행복을 누리는 이들의 반열에다.
당신께서 시인을 영원한 잔치에 초대하셨어요.
왕좌이며 미덕이며 헌사를 자랑하는 잔치에.

나는 안다, 고통이야말로 절대적으로 존귀해
지상이나 지옥에 속하는 것들이 끼어들지 못한다.
나의 고통을 가지고 신비스러운 왕관을 엮어
어느 때 어느 곳에든지 전해야 한다는 것도 안다.

그러나 고대 도시 팔미르의 잃어버린 보석
미지의 금속, 바다 속의 진주 같은 것들을
당신의 손으로 들어 올려 보여준다고 해도
이 눈부시게 맑고 아름다운 왕관보다 못하리라.

왜냐하면 이것을 순수한 빛으로 이루어지고
태초의 빛 그 성스러운 화로에서 가져와,
사람들의 눈에는 아무리 크게 뜨고 보아도
몽롱하고 한탄스럽게 비칠 따름이기 때문이다."

프랑스 시인 보들래르 시집《악의 꽃들 Les fleures du mal》

에 〈독자에게Au lecteur〉라는 서시가 있고, 본문 서두에 이 시가 나온다. 다음 순서가 〈알바트로스L'albatros〉이다. 〈독자에게〉는 "그대 위선의 독자여, 나의 형제, 나의 동류여"라는 말로 끝난다. 이 시와 다음 시에서 시인의 처지를 문제 삼았다.

은총이라는 말은 반어이다. 어머니는 자식의 출생이 은총과는 반대가 되는 저주라고 하면서 하느님을 향해 악담을 했다. 시인은 구김살 없이 잘 자랐으나 수난이 계속되었다. 시인이 사랑하려고 해도 일반인은 어머니처럼 시인을 미워하고 괴롭힌다고 했다. 이유 없이 괴롭힘을 당한다고 하면서 피해에 대한 염려가 지나치다. 그의 아내는 시인이 하는 일은 여성 찬미일 따름이라고 하고, 찬미가 부족하다고 나무랐다. 시인을 좋아한다는 사람들이 더 큰 실망을 가져다준다. 독자에게는 기대할 것이 없다.

시인은 자기를 구원해야 한다. 시인이 고통을 은총으로 삼게 해주었다고 하느님께 감사하고, 과거의 모든 보물을 하느님이 들어 올려 보여준다고 해도, 자기가 이룩한 창조물이 더욱 위대하다고 했다. 하느님에게 하던 말을 자기 말로 이었다. 존댓말 여부로 두 대목을 구분해 번역했다. 시인의 창조물은 태초의 성스러운 빛을 이어 하느님보다 앞서고, 사람들이 이해하지 못하는 것이 당연하다고 했다.

처절한 수난과 넘치는 자부심, 시인의 양면을 이렇게까지 극명하게 나타낸 시를 더 찾을 수 없다. 다른 시인들은 조심스럽게 하는 말을 보들래르는 거침없이 쏟아 장편 시집 서두에 내놓았다. 시인은 순교자이다. 영원한 아름다움을 불변의 신앙으로 삼아 갖가지 몰이해에서 유래한 모진 고통을 견디다가 죽어갔다. 그러나 희생을 대가로 이룩한 소중한 창조물은 시공의 한계를 넘어서 소수의 신도들에게 은밀하게 전해져 불사의 생명을 누린다. 나도 그 속에 들어가 이 시를 변역하고 논의한다.

브레흐트Bertolt Brecht, 〈가여운 B. B.Der arme B. B.〉

Ich, Bertolt Brecht, bin aus den schwarzen Wäldern.
Meine Mutter trug mich in die Städte hinein
Als ich in ihrem Leib lag. Und die Kälte der Wälder
Wird in mir bis zu meinem Absterben sein.

In der Asphaltstadt bin ich daheim. Von allem Anfang
Versehen mit jedem Sterbsakrament:
Mit Zeitungen. Und Tabak. Und Branntwein.
Mißtrauisch und faul und zufrieden am End.

Ich bin zu den Leuten freundlich. Ich setze
Einen steifen Hut auf nach ihrem Brauch.
Ich sage: es sind ganz besonders riechende Tiere
Und ich sage: Es macht nichts, ich bin es auch.

In meine leeren Schaukelstühle vormittags
setze ich mir mitunter ein paar Frauen
Und ich betrachte sie sorglos und sage ihnen:
In mir habt ihr einen, auf den könnt ihr nicht bauen.

Gegen Abend versammle ich um mich Männer
Wir reden uns da mit "Gentlemen" an.
Sie haben ihre Füße auf meinen Tischen
Und sagen: Es wird besser mit uns. Und ich
Frage nicht: Wann ?

Gegen Morgen in der grauen Frühe pissen die Tannen
Und ihr Ungeziefer, die Vögel fängt an zu schrein.
Um die Stunde trink ich mein Glas in der Stadt aus
Und schmeiße
Den Tabakstummel weg und schlafe beunruhigt ein.

Wir sind gesessen, ein leichtes Geschlechte
In Häusern, die für unzerstörbare galten
(So haben wir gebaut die langen Gehäuse des Eilands
Manhattan Und die dünnen Antennen, die das atlantische
Meer unterhalten).

Von diesen Städten wird bleiben: der durch sie
Hindurchging, der Wind!
Fröhlich machet das Haus den Esser: Er leert es.
Wir wissen, daß wir Vorläufige sind
Und nach uns wird kommen: nichts Nennenswertes.

Bei den Erdbeben, die kommen werden, werde ich hoffentlich
Meine Virginia nicht ausgehen lassen durch Bitterkeit
Ich, Bertolt Brecht, in die Asphaltstädte verschlagen
Aus den schwarzen Wäldern in meiner Mutter in früher Zeit.

나 베르톨트 브레흐트는 검은 숲에서 왔다.
내가 어머니 뱃속에 있을 때
어머니가 나를 이 도시로 데려와서,
숲은 냉기가 죽을 때까지 내게 남아 있다.

이 아스팔트 도시에 내가 산다.
언제나 종부성사를 치르면서
신문, 담배, 브랜디 술을 사용하고,
불신과 게으름이 만족스러움에 이르는 곳에서.

나는 사람들에게 친절하다.
그네들의 풍속대로 중절모를 쓰고 다닌다.
나는 말한다, 이상한 냄새를 풍기는 짐승들이 있다고.
그리고 나는 말한다, 상관없다고, 나도 그 가운데 하나라고.

비어 있는 나의 흔들의자에 오전이면
여자들 몇몇을 앉도록 한다.
그러고는 무심하게 바라보고 말한다,
내게 냄새도 맡을 수 없는 것이 있다고.

저녁이면 남자들을 모은다.
우리는 서로 "신사"라고 부른다.
그들은 내 책상 위에 발을 얹고 말한다.
우리는 좋아질 거야.
그러면 내가 묻는다. 언제?

아침 무렵 회색빛 속에서 전나무들이 오줌을 싸고,
숲의 해충 새들이 소리 지르기 시작한다.
이 무렵 나는 도시에서 마시는 잔을 비우고
담배꽁초를 버리고
불안하게 잠든다.

우리는 앉아 있다. 부박한 족속이
부서지지 않으리라고 여기는 집에
(우리는 맨하탄 섬에 고층건물을 짓고,
대서양에다 가느다란 안테나를 세웠다).

이 도시에 남아 있을 것은
거쳐서 지나가는 바람뿐이다.
집이 식사하는 사람들을 기꺼이 만들어내고 비운다.
우리는 알고 있다, 우리는 잠정적인 존재이고,
우리 뒤에 이렇다 할 것이 오지 않는다.

지진이 오면, 나는 바란다,
침통하다고 버지니아 담배를 끄지 않으리라고.

나 베르톨트 브레흐트는 아스팔트 도시로 왔다.
일찍이 어머니 뱃속에 있을 때 검은 숲을 떠나.

브레흐트는 현대 독일의 극작가이고 시인이다. 나치의 박해를 피해 미국에 망명했다가 동독으로 복귀해 활동하다가 세상을 떠났다. 예상을 넘어서는 작품을 내놓아 관심을 끌기를 좋아하고, 자서전 시를 이렇게 썼다.

태어난 곳인 검은 숲을 버리고, 낯선 도시에서 무의미하게 살아간다고 했다. 도시화되지 않은 숲은 사람을 살 수 있게 하지만, 미천한 곳이라고 취급되어 출신자가 차별 받는 냉기를 지닌다고 했다. "검은 숲"이라는 말은 숲이 건강하다고 하고, 숲 출신자에 대한 멸시가 심하다고 하는 이중의 의미를 지닌다.

도시에서는 남들이 하는 대로 하고 심각한 생각은 하지 않는다. 서로가 이상한 존재이지만 상관하지 않는다. 사랑이 이루어지지 않는다. 피상적인 인간관계가 있을 따름이다. 아름다운 말은 사라지고 없다. 자기의 불운을 시대의 불운으로 확대해, 사는 범위를 넘어서서 도시 문명 전체를 진단했다.

문명의 발전이 무의미를 가져오고 파멸을 예고한다고 했다. "이 도시에 남아 있을 것은/ 거쳐서 지나가는 바람뿐이다"라고 하니, 모든 것이 허망하고 남아 있을 것은 없다. 집이 식사하는 사람들을 만들어내고 비우니, 사람이 아닌 집이 주인이다. 지진이 오면 다 무너진다. 지진이 오는데 담배를 끄지 않는 것 같은 사소한 생각이나 한다.

가여운 곳에서 가엾게 지내는 자기를 바라보면서 가엾다는 말을 늘어놓았다. 시가 될 만한 것이라고는 도무지 없는 곳에서 빈정대는 시를 썼다. 모두 잘못되고 있는 줄은 알지만 무엇을 이떻게 해야 하는지 시인 자신도 모른다.

서정주, 〈자화상〉

애비는 종이었다. 밤이 깊어도 오지 않았다.
파뿌리같이 늙은 할머니와 대추 꽃이 한 주 서 있을 뿐이
  었다.
어매는 달을 두고 풋살구가 꼭 하나만 먹고 싶다 하였으
  나……흙으로 바람벽한 호롱불 밑에
손톱이 까만 에미의 아들.
갑오년(甲午年)이라든가 바다에 나가서는 돌아오지 않는
  다 하는 외할아버지의 술 많은 머리털과 그 커다란 눈
  이 나는 닮았다 한다.

스물세 해 동안 나를 키운 건 팔할(八割)이 바람이다.
세상은 가도 가도 부끄럽기만 하더라.
어떤 이는 내 눈에서 죄인(罪人)을 읽고 가고
어떤 이는 내 입에서 천치(天痴)를 읽고 가나
나는 아무것도 뉘우치진 않으련다.

찬란히 틔어 오는 어느 아침에도
이마 위에 얹힌 시(詩)의 이슬에는
몇 방울의 피가 언제나 섞여 있어
볕이거나 그늘이거나 혓바닥 늘어뜨린
병든 수캐마냥 헐떡거리며 나는 왔다.

　시인이 자화상을 지으면서 선대를 들먹이는 것은 드문 일이
다. 가족과의 관계를 깊이 의식하면서 탈출의 의지를 확인했다.
가족에 속한 시인이 가족을 버리고 자기 삶을 찾고자 했다.
　(가) 나는 외톨이가 아니고 선대와 연결되어 있고, 선대의 불
운을 이어받았다. (나) 나는 선대와의 연결에서 벗어나고, 선
대의 불운에서 벗어나고자 했다. 그래서 또 하나의 불운을 얻
었다. (가)는 일차적인 불운이고, (나)는 이차적인 불운이다.

(가)의 일차적인 불운이 인간 서정주를 만들고, (나)의 이차적인 불운이 서정주를 시인이게 했다.

선대의 인물에 "애비", "할머니", "어매"("에미"), "외할아버지"가 등장한다. "애비는 종이었다"는 것은 (가) 부끄러운 혈통이고 (나) 벗어나고 싶은 혈통이다. "밤이 깊어도 오지 않았다"는 것은 (가) 아버지가 겪은 고난의 유산이면서, (나) 아버지를 다시 만나지 않아도 되는 다행스러움이다. "파뿌리같이 늙은 할머니와 대추꽃이 한 주 서 있을 뿐이었다"는 것은 가난한 형편이다. "어매는 달을 두고 풋살구가 꼭 하나만 먹고 싶다 하였으나……흙으로 바람벽한 호롱불 밑에"는 자기를 잉태했을 때의 어머니이다. "손톱이 까만 에미의 아들"은 남들이 말하는 어머니와 자기이다. "갑오년(甲午年)이라든가 바다에 나가서는 돌아오지 않는다 하는 외할아버지의 숱 많은 머리털과 그 커다란 눈이 나는 닮았다 한다"는 것은 (가) 수난을 겪은 외할아버지와 외모를 매개로 직접 연결되고, (나) 외할아버지처럼 자취를 감추고 싶은 충돌을 가진다.

"스물세 해 동안 나를 키운 건 팔할(八割)이 바람이다"는 것은 (나)의 탈출이다. "세상은 가도 가도 부끄럽기만 하더라"는 것은 (가) 일차적인 불운을 이어받아 탈출할 수 없는 처지이다. "어떤 이는 내 눈에서 죄인(罪人)을 읽고 가고, 어떤 이는 내 입에서 천치(天痴)를 읽고 가나"는 (가) 타고난 불운이면서 (나)의 탈출을 온전하게 이루지 못한 좌절이다." 나는 아무것도 뉘우치진 않으련다"는 (가)에도 해당하고 (나)에도 해당한다.

"찬란히 틔어 오는 어느 아침에도/ 이마 위에 얹힌 시(詩)의 이슬에"는 (나)의 탈출에서 얻는 보람이고 기쁨이다. 그러나 "몇 방울의 피가 언제나 섞여 있어"라고 했듯이 그것은 고난의 산물이다. "볕이거나 그늘이거나 혓바닥 늘어뜨린/ 병든 수캐마냥 헐떡거리며 나는 왔다"는 것은 (가)를 지니고 (나)를 추구하는 시련과 의지를 함께 나타낸다.

라포르그Jules Laforgue, 〈4월의 밤샘Veillée d'avril 1〉

Il doit être minuit. Minuit moins cinq. On dort.
Chacun cueille sa fleur au vert jardin des rêves,
Et moi, las de subir mes vieux remords sans trêves,
Je tords mon cœur pour qu'il s'égoutte en rimes d'or.

Et voilà qu'à songer me revient un accord,
Un air bête d'antan, et sans bruit tu te lèves
Ô menuet, toujours plus gai, des heures brèves
Où j'étais simple et pur, et doux, croyant encor.

Et j'ai posé ma plume. Et je fouille ma vie
D'innocence et d'amour pour jamais défleurie,
Et je reste longtemps, sur ma page accoudé,

Perdu dans le pourquoi des choses de la terre,
Ecoutant vaguement dans la nuit solitaire
Le roulement impur d'un vieux fiacre attardé.

지금은 한밤중, 자정이 되기 오 분 전이다.
누구나 잠들어 꿈의 정원에서 꽃을 꺾는데,
나는 끊임없는 괴로움 지치도록 견디다가
가슴에서 짜낸 물기로 금빛 시를 짓는다.

보아라, 생각 속에서 화음이 되살아난다.
옛적의 순진한 곡조, 소리 없이 일어난다.
오 미뉴에트, 늘 즐겁기만 하던, 얼마 동안,
그때 나는 순수하고 온순하고 신앙도 있었다.

나는 펜을 잡았으나, 내 삶을 헤아려보니
순진함도 사랑도 이미 다 시들어버렸다.

오랫동안 종이 위에 팔꿈치를 괴고 있다.

세상 사물의 이치 생각에 잠겨 있노라니,
고독한 밤에 어렴풋이 들려오는 것이 있다,
늦게 다니는 낡은 마차가 덜커덩거리는 소리.

　프랑스 상징주의 시인 라포르그는 한 시점의 자화상을 다른 사람들과 대조하고, 과거의 자기와 견주어 그렸다. 시점은 한밤중 자정 오분 전이다. 제목에서 4월이라고 해서 가장 즐거운 계절이다. 다른 사람들은 꿈의 정원에서 저마다의 꽃을 꺾는 행복을 누리는데, 자기는 잠들지 못하고 괴로워하고 있다고 했다. 과거의 자기는 순수하고 온순하고 신앙심도 있었는데 지금은 그렇지 못하다고 했다.

　괴로움을 그냥 견디고 있을 수 없어 시를 짓는다고 했다. "가슴에서 짜낸 물기로 금빛 시를 짓는다"고 한 것을 헝겊에서 물을 짜내듯 가슴 속의 괴로움을 토로해 이룩하는 시가 금빛을 내듯이 아름답기를 바란다는 말이다. 이것은 이루어질 수 없는 희망이다. 아름다운 과거는 이미 사라지고 없다. 순진함도 사랑도 이미 다 시들어버렸다고 말한 것이 현재의 상황이다. 괴로움만으로는 시를 쓸 수 없어 빈 종이를 바라보면서 팔을 괴고 시간만 보내고 있다고 말했다.

　그런데도 세상 사물의 이치를 생각한다고 했다. 뜻한 대로 시를 쓰지는 못하고 그 생각에 잠겨 있기만 하는데, "늦게 다니는 낡은 마차가 덜커덩거리는 소리"가 들려온다고 했다. 그 소리는 어린 시절의 순진하고 즐거운 음악과는 반대가 되는 불협화음이고, 세상 사물의 이치에 대한 깊은 생각을 한밤중에 누가 마차를 타고 다니는가 하는 단순한 의문으로 바꾸어놓는 방해꾼이다.

이성부, 〈유배시집(流配詩集) 5 나〉

나는 싸우지도 않았고 피 흘리지도 않았다.
죽음을 그토록 노래했음에도 죽지 않았다.
나는 그것들을 멀리서 바라보고만 있었다.
비겁하게도 나는 살아남아서
불을 밝힐 수가 없었다. 화살이 되지도 못했다.
고향이 꿈틀거리고 있었을 때,
고향이 모두 무너지고 있었을 때,
아니 고향이 새로 태어나고 있었을 때,
나는 아무것도 손쓸 수가 없었다.

　한국 현대시인 이성부는 자기를 이렇게 소개했다. 불의와 싸우다가 유배를 간 여러 사람을 여럿 들어 시련과 고난을 말하다가 끝으로 자기 자신은 그 대열에 들어가지 못했다고 했다. 무엇이 잘못되는지 알면서도 투쟁하러 나서지는 못하고 괴로워한다고 했다. 잘못을 고발하고 괴로움을 토로하는 시나 쓰는 것은 행동이 아니라고 자책했다.

제9장
시인의 자화상: 내심

김용택, 〈자화상〉

사람들이 앞만 보며 부지런히 나를 앞질러갔습니다.
나는 산도 보고, 물도 보고, 눈도 보고 빗줄기가 강물을
 딛고 건너는 것도 보고,
꽃 피고 지는 것도 보며 깐닥깐닥 걷기로 했습니다.

사람들이 다 떠나갔지요.
난 남았습니다.
남아서, 새, 어머니, 농부, 별, 늦게 지는 달, 눈, 비, 늦게
 가는 철새,
일찍 부는 바람,
잎 진 살구나무랑 살기로 했습니다.

그냥 살기로 했답니다.
가을 다 가고 늦게 우는 철 잃은 풀벌레처럼
쓸쓸하게 남아
때로, 울기도 했습니다.

아직 겨울을 따라가지 않은,
가을 햇살이 샛노란 콩잎에 떨어져 있습니다.
유혹 없는 가을 콩밭 속은 아름답지요.

천천히 가기로 합니다.
천천히, 가장 늦게 물들어 한 대엿새쯤 지나 지기로 합니다.

그 햇살 안으로 뜻밖의 낮달이 들어오고 있으니.

　한국 현대시인 김용택이 자기 삶에 대한 깊은 성찰을 한 시
이다. 다른 사람들은 다 앞서 가고 자기는 남아서 자연과 함께

살아가고 있다고 했다. 뒤떨어져 서럽기도 하지만, 앞선 사람
들은 모르는 즐거움이 있다고 했다.

뮈세Alfred de Musset, 〈슬픔Tristesse〉

J'ai perdu ma force et ma vie,
Et mes amis et ma gaieté;
J'ai perdu jusqu'à la fierté
Qui faisait croire à mon génie.

Quand j'ai connu la Vérité,
J'ai cru que c'était une amie ;
Quand je l'ai comprise et sentie,
J'en étais déjà dégoûté.

Et pourtant elle est éternelle,
Et ceux qui se sont passés d'elle
Ici-bas ont tout ignoré.

Dieu parle, il faut qu'on lui réponde.
Le seul bien qui me reste au monde
Est d'avoir quelquefois pleuré.

나는 잃어버렸다, 나의 힘과 생명을
또한 벗들과 즐거움도 함께.
나는 자존심마저도 잃어버렸다
내 재능을 믿게 하는 것까지도.

내가 진리를 알았을 때
진리는 나의 벗이라고 믿었다.
내가 진리를 이해하고 느끼자

나는 이미 싫증이 나고 말았다.

그러나 진리는 영원하다.
진리를 모르고 사는 사람은
이곳에서 모든 것에 무식하다.

신이 말하니 대답을 해야 한다.
이 세상에서 내게 남은 것은
이따금 울곤 한다는 사실이다.

프랑스 낭만주의 시인 뮈세는 이런 시를 썼다. 〈슬픔〉이라는
제목을 내걸고 갖가지 슬픔이 겹친 자기 모습을 보여주었다.
모든 것을 잃어버렸다고 탄식하고, 진리나 신과 마찰을 일으
킨다고 했다.

이장희, 〈새 한 마리〉

날마다 밤마다
내 가슴에 품겨서
아프다, 아프다 발버둥치는
가여운 새 한 마리.

나는 자장가를 부르며
잠재우려지만
그저 아프다, 아프다 하고
울기만 합니다.

어느덧 자장가도
눈물에 떨고요.

한국 근대시인 이장희는 이 작품에서 자기의 고뇌를 직접 말하지 않고 새를 한 마리 등장시켰다. 가슴에 품고 있는 새가 아프다고 하면서 울어 달랠 수가 없다고 했다. 달래는 사람은 일상적인 자아이고, 울고 있는 새는 시적 자아라고 할 수 있다. 일상적 자아 안에 시적 자아가 내포되어 있으나, 일상적 자아가 시적 자아를 제어하지 못한다고 했다. 시적 자아가 아프다고 우는 것이 시 창작이라고 하면서 시는 아픔의 소산임을 알려주었다.

센고르Léopold Senghor, 〈나는 혼자다Je suis seul〉

Je suis seul dans la plaine
Et dans la nuit
Avec les arbres recroquevillés de froid
Qui, coudes au corps, se serrent les uns tout contre les autres.

Je suis seul dans la plaine
Et dans la nuit
Avec les gestes de désespoir pathétique des arbres
Que leurs feuilles ont quittés pour des îles d'élection.

Je suis seul dans la plaine
Et dans la nuit.
Je suis la solitude des poteaux télégraphiques
Le long des routes
Désertes.

나는 혼자이다 벌판에서
밤중에
추위에 움츠려
서로 부둥켜안고 있는 나무들과 함께.

나는 혼자이다 벌판에서
밤중에
잎이 떨어져 갈 곳으로 가버리자
비통하게 실망하는 나무의 몸짓과 함께.

나는 혼자이다 벌판에서
밤중에
나는 고독한 전주들이다
황량한 길에
늘어서 있는.

아프리카 세네갈의 시인 셍고르는 제1권의 〈탕자의 귀가〉에서 만나고 여기 다시 등장한다. 이 시는 앞의 것처럼 길고 복잡하지 않다. 고독을 한탄한 말이 이달의 〈학을 그린다〉와 흡사하다. 시대와 지역에서 큰 차이가 있어도 시인이 느끼는 고독은 그리 다르지 않다는 것을 말해준다. 〈학을 그린다〉에서 "서녘 바람이 대숲을 괴롭히고"라고 한 배경이 여기서는 벌판과 밤중으로 나타나고 나무들도 등장한다. 추위에 떠는 나무, 잎이 떨어져 실망하는 나무, 고독한 전주가 된 나무는 단계적인 차이가 있어 점차 더욱 처참하다. 자기가 그런 나무와 함께 고독하다고 하고, 나중에는 그런 고독한 나무라고 했다.

베르래느Paul Verlaine, 〈**고뇌**L'angoisse〉

Nature, rien de toi ne m'émeut, ni les champs
Nourriciers, ni l'écho vermeil des pastorales
Siciliennes, ni les pompes aurorales,
Ni la solennité dolente des couchants.

Je ris de l'Art, je ris de l'Homme aussi, des chants,

Des vers, des temples grecs et des tours en spirales
Qu'étirent dans le ciel vide les cathédrales,
Et je vois du même oeil les bons et les méchants.

Je ne crois pas en Dieu, j'abjure et je renie
Toute pensée, et quant à la vieille ironie,
L'Amour, je voudrais bien qu'on ne m'en parlât plus.

Lasse de vivre, ayant peur de mourir, pareille
Au brick perdu jouet du flux et du reflux,
Mon âme pour d'affreux naufrages appareille.

자연이여, 그대가 지니고 있는 그 어느 것도,
풍요로운 들판이라도, 나를 움직이지 못한다.
시칠리아에서 들리는 목가의 진홍빛 메아리도,
새벽의 화사한 빛깔, 애처롭고 장엄한 일몰까지도.

나는 예술을 비웃고 인간도 비웃는다.
노래나 시도, 그리스의 신전도 비웃는다.
성당을 빈 하늘에다 펼치는 나선형 첨탑마저.
그리고 나는 한 눈으로 좋고 나쁜 것들을 본다.

나는 신을 믿지 않고, 어떤 생각이든 모두,
오래된 반어까지도 포기하고 부정한다.
사랑에 관해서는 더 말하지 말기 바란다.

살기에는 지치고, 죽는 것은 두려워하면서
밀려가고 밀려오는 폐선같이 된 나의 넋이
끔찍한 조난을 각오하고 출항을 준비한다.

　프랑스의 상징주의 시인 베르래느는 이 시에서 자기는 모든
것을 불신하고 고뇌에 사로잡혀 있다고 했다. 외모나 생애는 다

루지 않고 내심을 보여주는 자화상의 좋은 본보기를 마련했다.

제1연에서는 자연을 제2연에서는 문화를, 제3연에서는 정신을 불신해 마음을 움직일 수 없다고 했다. 제1연 시칠리아 목가, 제2연 성당의 첨탑은 가장 아름답다고 해온 것들이다. 제3연에서 말한 "오래된 반어"는 문학에서 이어온 표현의 핵심이다.

그 모든 것을 불신하고 제4연 서두에서 살지도 못하고 죽지도 못한다고 하는 데까지 이르렀다. "밀려가고 밀려오는 폐선 같이 된 나의 넋이 끔직한 조난을 각오하고 출항을 준비한다"는 말로 시를 마무리했다. 자기를 고뇌에 내맡기는 것을 결말로 삼지 않고 새로운 출발을 준비한다고 했다.

보른Nicolas Born, 〈자화상Selbstbildnis〉

Oft für kompakt gehalten
für eine runde Sache
die geläufig zu leben versteht—
doch einsam frühstücke ich
nach Träumen
in denen nichts geschieht.
Ich mein Ärgernis
mit Haarausfall und wunden Füßen
einssechsundachtzig und Beamtensohn
bin mir unabkömmlich
unveräußerlich kenne ich
meinen Wert eine Spur zu genau
und mach Liebe wie Gedichte nebenbei.
Mein Gesicht verkommen
vorteilhaft im Schummerlicht
und bei ersten Gesprächen.
Ich Zigarettenraucher halb schon Asche
Kaffeetrinker mit den älteren Damen

die mir halfen
wegen meiner sympathischen Fresse und
die Rücksichtslosigkeit mit der
ich höflich bin.

이따금 절도 있게 행동하고
원숙한 작품을 바란다.
일상적인 삶을 이해하면서
아침밥을 외롭게 든다.
꿈을 좇지만,
꿈에서 아무 일도 일어나지 않았다.
분노에 사로잡혀
머리가 빠지고 발을 다친다.
1·6·80 같은 숫자, 공무원 새끼들이
없어서는 안 되는 줄 안다.
어쩔 수 없이 알아야 하는,
내 가치는 한 발자국 정도이다,
그리고 사랑을 시처럼 가까이 하니
내 얼굴이 쇠약해진다.
어두컴컴한 곳에서나 도움을 얻는다,
최초의 발언과 함께.
피우는 담배가 절반이나 재가 되게 하면서,
늙은 여인들과 커피를 마신다.
나를 도와주느라고
우호적인 언론과 맞서는 분들이다.
고립무원이 되어도,
나는 고귀하다.

　독일 현대시인 보른의 자화상이다. 시가 잘 이루어지지 않고
환영받지도 못해 생긴 환멸이나 불만을 반어적인 어조로 삐딱
하게 나타냈다. 엉뚱한 어구를 가져다 놓고 공연히 부조화를

만드는 방법으로 내심을 토로해 독자를 당황하게 했다. 실상을 알리려면 원문에 충실한 번역을 해야 하지만, 근접이 가능할 정도로 뜻이 통하게 했다.

아침 식사, 행정에 소용되는 숫자, 공무원들이 특징을 나타내는 일상생활을 멸시하면서 따르지 않을 수 없다. 시가 뜻하는 대로 이루어지지 않아 좌절한다는 말을 직접 하지 못할 만큼 무력하다. 어딘지 모를 "어두컴컴한 곳에서나 도움을 얻는다"고 하고, 지금은 사라지고 없는 최초의 발언을 생각하고 위안을 얻는다. 사랑이나 이해를 바랄 수는 없다. 사랑을 가까이 하려고 하니 얼굴이 쇠약해지기나 한다. 함께 커피를 마시면서 자기를 도와준다는 사람들이 고작 "늙은 여인들"이며, 우호적인 언론과 맞서 원하는 방향과는 반대로 나간다. 고립무원의 상태에서도 자기는 고귀하다고 했다.

제10장
시인의 자화상: 분신

외르통Philippe Heurton, 〈자화상Autoportrait〉

Pour vous punir d'avoir trop marché
le destin vous trancha les deux jambes.
Et alors qu'au soir de votre vie
la douleur mangeait votre sourire,
vous me dîtes :
« J'ai déjà un pied dans la tombe. »
alors que vos deux pieds déjà marchaient sous terre.

Pour vous punir d'avoir trop aimé
le sort vous arracha la moitié du cœur,
celle qui naquît en robe blanche...
Vous n'eûtes que le temps d'esquisser son portrait
sur une page de votre carnet
de rendez-vous.

Alors que l'automne s'alourdissait,
vous peignîtes une toile hallucinante :
un ciel immense,
sculpté dans la cervelle d'un dieu ;
un ciel plus lourd que l'enfer.
Je ne vis pas alors
que c'était votre portrait :

너무 많이 나아간 것을 벌하려고
운명이 너의 두 다리를 잘랐다.
너의 생애 저녁 무렵에
고통이 너의 미소를 먹어치웠다.
너는 내게 말한다.
"나는 이미 한 발이 무덤에 있다."
그러자 너의 두 발이 땅 밑으로 걸어간다.

사랑을 너무 많이 한 것을 벌하려고
운명이 너의 가슴 반을 잘라냈다.
흰 옷을 입고 태어난 너는
자화상을 그릴 시간밖에 없다,
만남을 위한 수첩
한 장에다가.

가을이 둔중하게 될 때
너는 환상적인 화폭에다
무한한 하늘을 그린다.
신이 머릿속에 새겨놓은
하늘은 지옥보다 무겁다.
나는 보지 못하는
그것이 너의 자화상이다:

　프랑스 현대시인 외르통의 자화상이다. "나"를 "너"로 바꾸어
놓고 "너"의 모습을 그려 "나"의 자화상으로 삼았다. 자기의 끔
찍한 모습을 직접 그리지 못해 자기가 바라보고 있는 "너"의 모
습을 그리고 "너"의 자화상이라고 한 것이 "나"의 자화상이다.
　너무 많이 나아가 다리가 잘리고, 사랑을 너무 많이 해서 가
슴이 잘린 처지가 되어 죽음을 앞둔 인생의 막바지에 자화상
을 그릴 시간밖에 없다고 했다. 그런데 아직도 많은 가능성이
있다고 여기고 무한한 하늘을 그리려고 하는 것은 무리라고 했
다. 신이 머릿속에 새겨놓아 지옥보다 무거운 하늘은 그릴 수
없는데 그리려고 한 그림이 "너"의 자화상이라고 했다. 운명의
한계가 있다는 사실을 처참함을 줄이고 말했다.
　"너"가 그린 자화상은 볼 수 없다고 했다. 실제로 그린 것이
없을 것이다. 그런 처지에 이른 모습을 "너"를 통해 그린 "나"의
자화상은 이 시를 이루어 누구나 볼 수 있다. 마지막에 마침표
가 아닌 ":"가 있어 말이 이어져야 할 것 같은 느낌을 준다.

화이트David Whyte, 〈자화상Self Portrait〉

It doesn't interest me if there is one God
or many gods.
I want to know if you belong or feel
abandoned.
If you know despair or can see it in others.
I want to know
if you are prepared to live in the world
with its harsh need
to change you. If you can look back
with firm eyes
saying this is where I stand. I want to know
if you know
how to melt into that fierce heat of living
falling toward
the center of your longing. I want to know
if you are willing
to live, day by day, with the consequence of love
and the bitter
unwanted passion of your sure defeat.

I have heard, in that fierce embrace, even
the gods speak of God.

나는 신이 하나인지 여럿인지
관심이 없다.
나는 네가 소속이 있는지 버림받았는지
알고 싶다.
네가 절망을 알거나 다른 사람들에게서 볼 수 있다면,
나는 알고 싶다,
네가 이 세상에서 살면서
가혹한 필요성 때문에

너를 변화시키는지를.
네가 분명한 시선을 되돌아보면서
여기 서 있다고 한다면,
나는 알고 싶다,
네가 어떻게 삶의 가혹한 열기 속에 녹아들고.
바라는 바의 중심으로 쓰러지는지
알고 있는가를.
나는 알고 싶다,
네가 사랑에서 얻은 결과,
원하지 않는 정열 탓에 패배하는 쓰라림을 안고
나날아 살려고 하는지를.

나는 들었다, 여러 신이 하나인 신에 관해 말하기만 하면 격렬한 포옹이 이루어진다고.

　미국 현대시인 화이트의 자화상이다. "나"가 자기 말만 하지 않고, "너"에게 던지는 물음으로 시가 전개된다. "너"는 다른 사람이 아니고 자기 자신이다. 자기 자신에게 주는 말을 하려고 분신을 해서 상대방인 "너"와 시를 쓰는 "나"가 있다. "너"의 대답이 없어 자문자답은 아니다. "나"가 "너"에게 질문을 던져 "나"가 기대하고 있는 대답이 "너"의 마음속에 마련되도록 하는 작전을 썼다.

　"나"는 "너"에게 질문을 던지기 전에, 생각을 크게 하고 있다. 서두와 결말에서는 하나인 신과 여러 신에 관해 말했다. 서두에서는 신이 하나인지 여럿인지에 관해서는 관심이 없다고 했다. 결말에서는 "여러 신이 하나인 신에 관해 말하기만 하면 격렬한 포옹이 이루어진다"고 들었다고 했다. 하나의 신은 궁극의 원리라면, 여러 신은 살아가면서 나날이 만나는 다양한 현상이다. 그 둘 가운데 어느 것을 택할 것인가 하는 논란은 시인의 소관사가 아니다. 그러나 다양한 현상에서 궁극의 원리로 나아가려고 노력하는 것은 시인이 할 일이다. 시인이 할 일을 잘하면 "격렬한 포옹"에 견줄 만한 감동적인 시가 이루어진다.

"나"가 알고 있는 이런 원론을 어느 정도 실행하는지 확인하기 위해 "너"라고 한 분신에게 질문을 던졌다. 이론과 실제 사이의 거리를 좁히려고 자기 점검을 했다. 어디 소속되었다고 좋아하고 버림받았다고 싫어할 것은 아니다. 버림받아 절망하면서 가혹한 필요성 때문에 자신을 변화시키는 것은 마땅히 해야 할 고행임을 깨닫도록 질문을 했다. 삶의 열기가 가혹해 쓰러질 수밖에 없더라도 바라는 바를 이루어야 한다고 다짐하도록 질문을 했다. 쓰라림과 패배를 받아들이면서 사는 것이 성숙된 자세임을 알아차리게 하는 질문을 했다.

그릴리Robert Creeley, 〈자화상Self-Portrait〉

He wants to be
a brutal old man,
an aggressive old man,
as dull, as brutal
as the emptiness around him,

He doesn't want compromise,
nor to be ever nice
to anyone. Just mean,
and final in his brutal,
his total, rejection of it all.

He tried the sweet,
the gentle, the "oh,
let's hold hands together"
and it was awful,

dull, brutally inconsequential.

Now he'll stand on
his own dwindling legs.
His arms, his skin,
shrink daily. And
he loves, but hates equally.

그는 바란다,
사나운 늙은이기를.
공격적인 늙은이기를.
우둔하고 사납기가
주위의 허공과 같은.

그는 타협을 원하지 않는다.
누구에게도 눈빛이 다정하지 않다.
오직 심술궂기만 하다가
마침내는 사납게
모든 것을 거부한다.

그는 감미롭고
부드럽고자 했다.
"오, 우리 손을 잡자."
그것은 끔찍하고,
우둔하며, 야만스럽게 불합리하다.

지금 그는 서 있다,
줄어드는 두 다리 위에.
팔도 피부도
날마다 축소된다.
그는 사랑하고 증오한다.

미국 현대시인 크릴리의 기이한 자화상이다. 무슨 말인가는 알겠으나 왜 이런 말을 하는지는 알기 어렵다. 문자 그대로 받아들이지 말고 뒤집어보아야 이해가 가능하다. 자기 자신을 "그"라고 해서 다른 사람인 듯이 말했다. 속마음과는 반대가 되는 발언을 하려고 능청을 떨었다.

사나운 늙은이이고자 한다는 것은 세상과 적대적인 관계를 가지고 늙어가기 때문에 하는 말이다. "심술궂고 사납게 모든 것을 거부한다"고 한 데서는 피해를 가해로 만들고자 하는 전환이 더욱 분명하게 확인된다. 감미롭고 부드러운 관계를 경험하지 못하고, 신체가 축소되는 노년에 이른 비참함을 감추고 자기가 자진해서 거부하고 증오한다고 했다.

윤동주, 〈자화상〉

산모퉁이를 돌아 논가 외딴 우물을 홀로 찾아가선 가만히 들여다봅니다.

우물 속에는 달이 밝고 구름이 흐르고 하늘이 펼치고 파아란 바람이 불고 가을이 있습니다.

그리고 한 사나이가 있습니다.
어쩐지 그 사나이가 미워져 돌아갑니다.

돌아가다 생각하니 그 사나이가 가엾어집니다.
도로 가 들여다보니 사나이는 그대로 있습니다.

다시 그 사나이가 미워져 돌아갑니다.
돌아가다 생각하니 그 사나이가 그리워집니다.

우물 속에는 달이 밝고 구름이 흐르며 하늘이 펼치고 파

아란 바람이 불고 가을이 있고 추억처럼 사나이가 있습니다.

　윤동주가 지은 이 시는 제목을 〈자화상〉이라고 했으면서 자기 모습을 그리지 않았다. 우물에 비친 자기 모습을 들여다보았을 따름이다. 그림이 없는 그림이고, 자화상이 아닌 자화상이다. 자기 모습을 들여다보고 하는 말은 쉽게 이해되지만, 전례가 없이 특이한 수법을 사용한 이유가 무엇인가 하는 의문은 문면에서 풀어주지 않아 거듭 생각하지 않을 수 없다.

　제1연에서 궁벽한 곳에 있는 우물을 찾아갔다고 했다. 남들이 없는 데서 자기 성찰을 하기로 했다는 뜻으로 이해할 수 있다. 제2연에서는 아름다운 바깥 풍경이 우물에 비친다고 했다. 자기 주위에 아름다운 풍경이 펼쳐져 있어 행복하다고 말한 것 같다. 제3연에서는 우물에 한 사나이가 있는데, 어쩐지 미워서 돌아간다고 했다. 자기 모습을 "한 사나이"라고 일컬어 거리를 두고, "어쩐지" 미워서 돌아간다고 한 것은 제1·2에서 예상하지 못한 전개이다. 그 사나이라고 일컬은 자기가 제4연에서는 가엾다고 하고, 제5연에서는 다시 미워지고 그립다고 하면서 애증을 되풀이했다.

　자기가 미워진 이유가 무엇인지 시에서는 말하지 않았으므로 독자가 알아내야 한다. 의문을 해결하는 열쇠는 "우물"에 있다. 우물에 들어 있는 것은 감금된 상태이다. 자기가 감금되어 있는 불행을 확인하고 미워지게 되었다. 감금이 일제의 식민지 통치를 뜻하는 것임을 당대는 말할 것 없고 오늘날의 독자도 바로 알아낼 수 있다. 드러내 말하면 탄압을 자초할 말을 감추어 전달하기 위해 우물 속의 자기를 들여다본다는 특이한 상황을 설정했다. 자기를 미워하지 않을 수 없으니 얼마나 처절한가 하고 독자는 통분할 수 있다.

　마지막 연에서는 앞에서 한 말을 되풀이하고 사나이의 모습을 덧붙였다. "우물 속에는 달이 밝고 구름이 흐르며 하늘이 펼치고 파아란 바람이 불고 가을이 있고 추억처럼 사나이가 있습니다"라고 했다. 왜 이런 말을 했는가? (가) 서정적인 아름다움에서 위안을 찾으려고 했는가? 그렇다면 "추억처럼"은 사나이라고 일컬은 자기를 풍경의 일부가 되게 하는 말로 이해된다. (나) 〈서시〉에서 말한 것처럼 하늘을 우러러 한 점 부끄러움이 없는 자세로 시대상황과 대결하려고 했는가? 그렇다면 "추억처럼"은 기억에 간직할 만하다는 말이라고 할 수 있다.

(가)와 (나)는 택일할 것이 아니다. (가)는 작품의 표면을 이해하는 데 그쳐 모자라는 견해라면, (나)는 이면을 너무 파고들어 지나치다고 할 수 있다. 감금된 처지에 대해 애증을 함께 지니고, (가)와 (나)를 오가는 중간 지점에 머물렀다. 마음 여린 서정시인이 감당하기에는 너무나도 벅찬 과제를 안고 할 수 있는 말만 조심스럽게, 성실하게 했다.

이상, 〈거울〉

거울속에는소리가없소
저렇게까지조용한세상은참없을것이오

거울속에도내게귀가있소
내말을못알아듣는딱한귀가두개나있소

거울속의나는왼손잡이오
내악수를받을줄모르는―악수를모르는왼손잡이요

거울때문에나는거울속의나를만져보지를못하는구료마는
거울이아니었던들내가어찌거울속의나를만나보기라도했
　겠소

나는지금거울을안가졌소마는거울속에는늘거울속의내가있소

잘은모르지만외로된사업에골몰할께요

거울속의나는참나와는반대요마는
또꽤닮았소
나는거울속의나를근심하고진찰할수없으니퍽섭섭하오

　한국 현대시인 이상이 지은 이 시도 자화상이다. 자기의 분신인 거울 속의 자기를 그렸다. 윤동주가 우물 속의 자기를 그린 것과 상통하면서 다르다. 우물도 거울처럼 들여다보는 사람의 모습을 반사한다. 존댓말을 써서 정중한 자세를 갖춘 것도 상통하는 점이다. 그러나 우물 속의 자기는 "달이 밝고 구름이 흐르며 하늘이 펼치고 파아란 바람이 불고 가을이 있고"라고 한 배경을 지니고 있지만, 거울 속의 자기는 다른 아무것도 없다.

　말이 없고 말을 알아듣지 못하고, 좌우가 반대이고, 외부와 소통이 되지 않는 거울 속의 자기는 지금까지 모르고 있던 내면이다. 아무 희망이 없고, 외로운 사업에 골몰한 것 같으나 잘 알지 못하며, 근심하고 진찰할 수 없다. 비밀이 밝혀지니 기이한 생각이 들고 충격을 받는다. 띄어쓰기를 하지 않아 섬뜩한 느낌이 든다.

김종문, 〈자화상〉

나의 밑에 있는 나는
바다 깊이 어둠이 뭉치는 바위
정적이 패각을 띠고 숨 지으며,
해초에 얽매이는 명상이
나의 등골에 맺힌다.

나의 앞에 있는 나는
바다 위에 빛을 튀기는 물거품
숨이 수평선을 띠고 헤매며,
물결 따라 짓는 쓴웃음이
나의 눈망울에 돋친다.

나의 위에 있는 나는
나를 잃으며 회오리치는 바닷바람
어둠과 빛을 한달음에 엮으며,
갈매기 떼 수놓는 욕망이
나의 무한을 흐른다.

　한국 현대시인 김종문의 자화상이다. 자기가 여럿으로 나누
어져 있다고 한 것이 윤동주의 자화상과 같다. 그러나 자기의
모습을 들여다본다고 하지 않고, 자기가 밑에도, 앞에도, 위에
도 있다고 했다. 시적 인식이 여러 방향에서 다각도로 이루어
지는 것을 말했다.

에스타디외Nathalie Estadieu, 〈자화상Autoportrait〉

Mon cheval noir,
Entre promesses et puis défaites,
Contre l'ivresse de la conquête
D'amours foutoirs.
Mon beau fougueux
Tu m'as portée princesse errante,
Tu m'as aimée triste et fuyante
Tendre rugueux.

Mon magnifique,
Des steppes alors, le chant du temps,

152

Crinières et cheveux emmêlés
Galope toujours mon impatient
Tirant, piaffant la liberté.
Mon héroïque,
De limites en barrières posées
L'une après l'autre fracassées
Puisqu'il y a rage à exister,
De l'interdit à saccager.

Mon illusoire,
Je sens ton âme battre campagne,
Rivée au pieu des solitudes,
Grisée au deuil des certitudes,
Et je m'épuise et tu m'épargnes.
Mon cheval noir,
Parfois déchirée de rancoeur
Je tiens tes rênes courtes et brimées,
Je pose pied pour essuyer
La sueur qui hante mes leurres.

Mon ouïghour
Gardien de monstres et de merveilles
Sans toi où serait le soleil?
Mon bel amour

나의 검은 말이여,
약속과 그 뒤의 패배 사이에서
난잡한 사랑의
정복으로 향하면서,
너는 내게 떠돌이 공주를 데려온다.
너는 나를 슬프고 덧없고
부드럽고 험악하게
사랑한다.

나의 화려함이여,
초원에서 시간을 노래한다.
엉클어진 갈기와 털로
내 조급함이 뛰게 하고,
자유를 끌어당기고 걷어찬다.
나의 영웅스러움이여,
울타리를 만들어놓은 경계를
하나하나 부순다.
약탈을 금지하는 까닭에
분노할 일이 있어.

나의 환상이여,
너의 혼이 들판과 싸우는 것을 안다.
고독의 발에 묶이고,
확실성의 상실에 열광해,
나는 나를 낭비하고, 너는 나를 아껴준다.
나의 검은 말이여,
가끔 원한으로 찢겨져,
나는 짧게 조인 너의 고삐를 당긴다.
발을 올려놓으면서
내 환상을 괴롭히는 땀을 닦으려고 한다.

나의 위구르인이여,
괴물과 환상의 지킴이
네가 없으면 태양이 어디 있겠나?
나의 아름다운 사랑이여.

　프랑스 현대 여성시인 에스타디외의 자화상은 아주 별나다.
중국 서북방 유목민 위그르 민족, "괴물과 환상의 지킴이"라고
한 사람들이 기르는 검은 말을 자기 분신으로 삼았다. 말이 화
려하고 영웅적이고 환상적이어서 분신이 변이하도록 했다. 분
154

신이 하나이면서 여럿이다.

초원에서 검은 말이 뛰노는 모습을 그리면서 모험, 상상, 환상을 갖가지로 늘어놓았다. 논리적 연관이 없고 당착되기도 한다. 검은 말을 그 자체로 서술하기도 하고, 검은 말이 자기라고도 하고, 검은 말과 자기가 분리되기도 한다. 이리 저리 얽혀 거침없이 치닫고 예측할 수 없게 달라지는 것이 자기 내면의 모습이고 시의 세계이다.

제II장
저 너머로

김지하, 〈망향〉

내 마음에
복사꽃 피고

눈 앞 가득히
무한한 봄 들판 펼쳐져

가랴
못 가랴

고삐 풀린 이 마음
방 안에서만 헤매는데

　김지하는 이 시에서 나가지 못하고 갇혀 있어 밖이 그립다고
했다. 안에만 머물러야 하는데 마음의 고삐가 풀려 그대로 있
지 못한다고 했다. 밖이 보이지 않아도 아름다운 생명이 무한
한 영역에 펼쳐 있는 것을 알고 괴로워한다고 말했다. 공간이
동에 관한 말만 한 것은 아니다. 무한한 아름다움과 만나 하나
가 되고자 하는 시인의 소망을 실현할 수 있는가 하는 의문을
심각하게 제기했다. 시인의 처지에 관해 복잡하게 들어놓은
말을 몇 마디로 간추리고, 이루지 못한 소망을 아주 선명하게
나타냈다.

디킨슨Emily Elizabeth Dickinson, 〈희망은 날개 달린
것Hope is the Thing with Feathers〉

Hope is the thing with feathers
That perches in the soul,
And sings the tune without the words,

And never stops at all,

And sweetest in the gale is heard;
And sore must be the storm
That could abash the little bird
That kept so many warm.

I've heard it in the chillest land,
And on the strangest sea;
Yet, never, in extremity,
It asked a crumb of me.

희망은 날개가 달린 것,
영혼 안에 자리잡고서
가사 없는 노래를 하면서
결코 그치지 않네.

모진 바람 불 때 가장 감미롭고,
매서운 폭풍이 몰아쳐야
그 작은 새를 당황하게 하네,
많은 사람을 따뜻하게 하는.

나는 그 노래를 들었네.
가장 추운 땅, 낯선 바다에서도.
하지만 아무리 절박해도 그것은
빵 한 조각도 달라지 않았네.

미국의 여성시인 디킨슨이 이 시에서 희망이 무엇인가 노래
했다. 희망은 날개가 달려 새와 같다고 하고, 영혼 안에 자리
를 잡고 멈추지 않고 가사 없는 노래를 한다고 했다. 영혼 안
에 자리를 잡은 희망이 날개가 달려 새와 같은 줄 알고, 가사
없는 노래를 알아들을 수 있는 사람은 시인이다. 희망이라는

새가 시련 속에서도 불러 많은 사람을 따뜻하게 하는 노래를 들었다고 한 것은 시인이기 때문이다.

그러면서 두 가지 특별한 사항을 추가했다. 매서운 폭풍이 몰아치면 노래하는 새가 당황한다. 노래하는 새는 아무리 절박해도 빵 한 조각도 달라고 하지 않는다. 자기가 노래하는 새가 되어야 할 수 있는 말이다. 새가 자기 자신이다. 시인은 물질적인 대가를 바라지 않고 많은 사람을 따뜻하게 하는 노래를 시련을 무릅쓰고 줄곧 부른다고 했다.

앞에서 든 김지하의 〈망향〉과 견주어보자. 거기서 밖에 나가지 못하고 갇혀 있다는 것이 여기서 시련을 겪는다는 것과 같다. "고삐 풀린 이 마음 방 안에서만 헤매는데"라고 한 처지가 "영혼 안에 자리잡고서 가사 없는 노래를 부르"는 새와 같다. 새는 날개가 있으니 날아가야 한다. 날아간다는 말은 끝까지 하지 않고 노래를 부른다고만 했다. 방안에 갇혀 "무한한 봄 들판"을 바라보는 것이 날지는 못하고 노래만 부른다고 한 것과 같다. 노래만 불러도 많은 사람을 따뜻하게 하고, 아무 대가도 바라지 않는다고 한 것은 앞의 시에서는 하지 않은 말이다.

뮐러Wilhelm Müller, 〈**용기**Mut〉

Fliegt der Schnee mir ins Gesicht,
Schüttl′ ich ihn herunter.
Wenn mein Herz im Busen spricht,
Sing′ ich hell und munter.

Höre nicht, was es mir sagt,
Habe keine Ohren;
Fühle nicht, was es mir klagt,
Klagen ist für Toren.

Lustig in die Welt hinein

Gegen Wind und Wetter!
Will kein Gott auf Erden sein,
Sind wir selber Götter!

얼굴에 날아오는 눈을
나는 털어 내버린다.
가슴속 마음이 하는 말을
명랑하고 활달하게 노래한다.

마음이 무슨 말을 하든
귀가 없어서 듣지 않네.
마음의 비탄 느끼지 않네.
비탄은 멍청이가 하는 짓이다.

유쾌하게 세상으로 나아가네,
바람과 폭풍우를 무릅쓰고.
지구 위에 신이 없다면,
바로 우리 자신이 신이다.

　독일 낭만주의 시인 뮐러가 남긴 〈겨울 나그네〉라는 연작시
총 24편이 슈베르트의 작곡을 통해 널리 알려져 있다. 겨울에
나그네가 되어 떠돌아다니는 고독과 번민을 노래한 사연이다.
그 제1편 〈잘 자라〉, 제5편 〈보리수〉는 이미 고찰했다. 여기서
든 〈용기〉는 제23편이다. 겨울 나그네의 고독과 번민에서 벗
어나는 용기를 가지자고 한 것이 특이하다. 시인이 폐쇄된 의
식세계에 사로잡혀 있지 말고 밖으로 뛰쳐나가자고 하는 주장
을 디킨슨의 〈희망은 날개 날린 것〉보다 더욱 강렬하게 나타냈
다고 할 수 있다.
　"얼굴에 날아오는 눈"이라고 말한 것은 닥쳐오는 시련이다.
무시하면 된다고 했다. "가슴 속 마음이 하는 말"은 내심의 비
탄이다. 명랑하고 활달한 노래로 바꾸어 나타낸다고 하고, 귀

가 없어 듣지 않는다고 했다. 유쾌하게 세상으로 나아가자고
하고, 이끌어주는 "바로 우리 자신이 신이다"라고 말했다. 엄
청난 결단을 하고 대단한 용기를 가지자고 했다.

휘트맨Walt Whitman, 〈미래의 시인들Poets to come〉

Poets to come! orators, singers, musicians to come!
Not to-day is to justify me, and answer what I am for;
But you, a new brood, native, athletic, continental, greater
　　than before known,
Arouse! Arouse -- for you must justify me -- you must
　　answer.

I myself but write one or two indicative words for the future,
I but advance a moment, only to wheel and hurry back in the
　　darkness.

I am a man who, sauntering along, without fully stopping,
　　turns a casual look upon you, and then averts his face,
Leaving it to you to prove and define it,
Expecting the main things from you.

미래의 시인들! 웅변가, 가수, 음악인들이여 오라!
지금 나를 옹호하지 않고, 무엇을 하는지 대답하지 않으니,
새로 태어난 본바닥 출신, 우람하며 대륙적이고, 과거의
　　어느 누구보다도 장대한
너희들이 일어나, 일어나, 나를 옹호하고, 내 질문에 대
　　답하라.

나는 미래를 위해 한두 마디 암시하는 글을 쓰기나 하고,
얼마 동안 앞으로 나가다가 뒤로 돌아가 서둘러 어둠에

잠길 것이다.

나는 어슬렁거리기나 하다가 우연히 그대들을 쳐다보고
　는 얼굴을 돌린다.
입증하고, 규정하는 작업을 기대한다.
본론을 그대들에 믿고 넘기면서.

　미국 시인 휘트맨도 이 시에서 시인의 소망을 성취하기 위해
지금 이곳의 한계를 벗어나야 한다고 했다. 김지하는 〈망향〉
에서 밖으로 나가고 싶다고 하고, 디킨슨은 〈희망은 날개 달
린 것〉에서 희망을, 밀러는 〈용기〉에서 용기를 가지자고 했는
데, 휘트맨은 지금은 실현 가능하지 않은 과업을 감당할 미래
의 시인들에게 기대를 걸었다. 밖으로 나가는 공간 이동은 스
스로 할 수 있지만, 미래로 나아가는 시간 이동은 가능하지 않
아 미래의 시인이 출현해 자기 소망을 성취해주기를 바란다고
했다.
　서두에서 "미래의 시인들! 웅변가, 가수, 음악인들이여 오
라!"고 한 말은 무슨 뜻인가? 시인은 웅변가이기도 하고, 가수
나 음악인이기도 하다는 말로 이해된다. 남들을 위해 봉사하
는 그런 활동을 제대로 하지 못하기도 하지만, "나를 옹호하지
않고, 무엇을 하는지 대답하지 않"는다고 한 것이 더 큰 결함
이라고 했다. 자기 옹호를 위한 자기 인식이 시인이 수행해야
할 기본 과업이다. 시에 대한 의문에 해답하는 시론으로 이루
어진 작품이 시 가운데 으뜸이다. 이런 줄 알고 있으나 감당하
지 못해 미래의 시인에게 기대한다고 했다.
　미래의 시인은 "새로 태어난 본바닥 출신"이라고 해서 투철
한 사명감을 지니고 태어나리라고 하고, "우람하며 대륙적이
고, 과거의 어느 누구보다도 장대"하리라는 말로 위대한 성취
를 기대했다. 제2연에서 제3연 첫 줄까지에서 자기의 한계를
말한 것이 이와 대조를 이룬다. 자기는 "미래를 위해 한두 마

디 암시하는 글을 쓰기나 하"는 것이 할 일이므로 이런 시를 썼다. "얼마 동안 앞으로 나가다가 뒤로 돌아가 서둘러 어둠에 잠길 것이다", "어슬렁거리기나 하다가"라는 말로 자기 모습을 선명하게 그려 한계에 대한 인식을 분명하게 했다.

제3연에서 "우연히 그대들을 쳐다보고는 얼굴을 돌린다"고 한 것은 여러 의미를 지닌다. 미래는 보이지 않지만 현재가 불만스러우면 상상하게 된다. 상상으로는 바로 보지 못하고, 바로 본다면 현재의 자기가 부끄러워 얼굴을 돌릴 수밖에 없다. 그러나 미래가 현재와 다르리라는 것을 확신하고, 이루지 못한 과업을 모두 넘긴다고 했다. 시인이 누구이며 무엇을 하는가를 두고 여러 시인이 고심참담하게 전개한 논의를 자기는 감당하려고 하지 않고 미래의 시인들이 나타나기를 기다린다고 했다.

횔덜린Friedrich Hölderin, 〈**히페리온의 운명 노래** Hyperions Schiksalslied〉

Ihr wandelt droben im Licht
Auf weichem Boden, selige Genien!
Glänzende Götterlüfte
Rühren euch leicht,
Wie die Finger der Künstlerin
Heilige Saiten.

Schicksallos, wie der schlafende
Säugling, atmen die Himmlischen;
Keusch bewahrt
In bescheidener Knospe,
Blühet ewig
Ihnen der Geist,
Und die seligen Augen

Blicken in stiller
Ewiger Klarheit.

Doch uns ist gegeben,
Auf keiner Stätte zu ruhn,
Es schwinden, es fallen
Die leidenden Menschen
Blindlings von einer
Stunde zur andern,
Wie Wasser von Klippe
Zu Klippe geworfen,
Jahr lang ins Ungewisse hinab.

당신들은 저 높고 빛나는 곳을 거니네요.
부드러운 흙 위의 복된 천재들이여!
눈부시고 신령스러운 공기가
당신들을 가볍게 스칩니다.
여성 연주자의 손가락이
성스러운 현을 건드리듯이.

운명에서 벗어나, 잠든 갓난아기인 듯이,
천상의 존재들은 숨을 쉽니다.
순결을 지니고
수줍은 꽃봉오리
줄곧 피어납니다,
정신의 내면에서.
그리고 복된 두 눈이
고요하게 반짝이면서
영원한 빛을 냅니다.

그러나 우리는 어디에도
쉴 곳이 없습니다.

위축되고 몰락하고,
번뇌 많은 인간
어떻게 되는지 알지 못하고
이 순간 저 순간
이 벼랑 저 벼랑 떨어지는 물처럼
마냥 하강하기만 합니다.
어딘지 모르는 곳으로.

　독일 낭만주의 시인 횔덜린은, 히페리온이라는 그리스의 청년이 터키 통치에서 벗어나 고대 그리스의 영광을 재현하려고 하다가 실패한 내력을 그린 소설《히페리온 또는 그리스의 은둔자》(Hyperion oder der Eremit in Griechenland)를 썼다. 그 말미에 있는 이 시가 널리 알려지고 높이 평가된다. 브라암스(Brahms)가 시에 곡을 붙여 합창곡을 만들었다.

　이 시에서 말한 것이 시인의 좌절과 소망이라고 이해할 수 있다. 횔덜린도 이 시에서 지금 이곳의 좌절에서 벗어나 시인의 이상을 실현하는 소망을 말했다고 할 수 있다. 김지하는 밖으로 나가려고 했는데, 횔덜린은 이 시에서 위로 올라가겠다고 했다. 높고 신령스러운 곳으로 올라가고 싶다고 하고, 거기서 영원한 아름다움을 실현하겠다고 했다. 높고 신령스러운 곳과 영원한 아름다움을 나타낸 표현이 뛰어나 거듭 읽게 한다. 시를 어떻게 써야 하는지 알려주는 좋은 본보기를 들었다.

　위로 올라가자고 한 것이 과거로 돌아가자는 말이기도 하다. 공간 이동이 시간 경과이기도 하다. 휘트맨이 〈미래의 시인들〉에서 미래에 기대를 건 것과 반대로, 횔덜린은 이 시에서 과거로 회귀하고자 하는 소망을 말했다. 제1연과 제2연에서 말한 아름다움을 고대 그리스 시대 사람들은 실현하고 살았으므로, 제3연에서 거론한 후대의 불행에서 벗어나려면 과거로 회귀함이 마땅한 해결책이라고 했다.《히페리온 또는 그리스의 은둔자》 전편에서 말한 것을 이 시에서 간추렸다.

후대의 불행은 정신의 방황에서 생긴 것이라고 했다. 인간이 어떤 존재이고 삶의 의미가 무엇인지 알지 못하고 시간의 흐름에 자기를 내맡겨 폭포에서 떨어지는 물과 같은 신세가 되었다고 했다. 시인도 이럴 수 있으나 먼저 정신을 차리고 소중한 이상을 실현하기 위해 위로 올라가고 과거로 회귀하자고 해야 하는 사명을 깨닫고 실행해야 한다고 했다.

제12장
죽음 맞이

도연명(陶淵明), 〈만가(挽歌)〉

有生必有死
早終非命促
昨暮同爲人
今旦在鬼錄
魂氣散何之
枯形寄空木
嬌兒索父啼
良友撫我哭
得失不復知
是非安能覺
千秋萬歲後
誰知榮與辱
但恨在世時
飮酒不得足

在昔無酒食
今但湛空觴
春醪生浮蟻
何時更能嘗
肴案盈我前
親舊哭我傍
欲語口無音
欲視眼無光
昔在高堂寢
今宿荒草鄕
一朝出門去
歸來夜未央

荒草何茫茫
白楊亦蕭蕭
嚴霜九月中
送我出遠郊

四面無人居
高墳正嶕嶢
馬爲仰天鳴
風爲自蕭條
幽室一已閉
千年不復朝
千年不復朝
賢達無奈何
向來相送入
各已歸其家
親戚或餘悲
他人亦已歌
死去何所道
托體同山阿

삶이 있으면 반드시 죽음이 있으니,
일찍 끝나도 명을 재촉한 것은 아니다.
어제 저녁에는 다 같은 사람이다가
오늘 아침에는 귀신 명부에 올라 있다.
혼은 흩어져 어디로 가버리고,
말라빠진 신체만 텅 빈 관속에 기댄다.
귀여운 아들 아비 찾아 울고
좋은 벗들 나를 잡고 곡한다.
득실을 다시 알지 못하니
시비인들 어찌 깨닫겠는가.
천 년 만 년 지난 다음에
누가 알리오 영화나 치욕을.
다만 한스러운 것은 살아서
술을 흡족하게 마시지 못함이라.

전에는 마실 술이 없더니,
지금은 비었던 잔에 넘친다.

봄 막걸리에 거품이 일어난 것을
어느 때 다시 맛볼 수 있겠는가.
안주 상 내 앞에 가득 차려놓고
친구들이 내 곁에서 곡을 하는구나.
말을 하고 싶어도 입에 소리가 없고,
보고 싶으나 눈에는 빛이 없구나.
전에는 높은 집에서 잤는데,
지금은 풀 거친 곳에서 묵는구나.
하루아침에 문을 나서버리면
밤이 밝지 않을 때야 오리라.

거친 풀은 어찌 그리 아득하며
백양나무 또한 쓸쓸하기만 하다.
된서리 내리는 구월중에
나를 보내려고 먼 교외로 나왔구나.
사면에 사는 사람은 없고
높은 무덤 우뚝우뚝 솟아 있다.
말은 하늘을 쳐다보고 울고,
바람은 스스로 쓸쓸하게 분다.
깊은 방 한 번 닫혀버리면
천년이 되어도 다시 날 새지 않으리라.
천년이 되어도 다시 날 새지 않으니
현명하고 통달한 사람도 어쩔 수 없다.
이제껏 나를 전송한 사람들이
각기 자기 집으로 돌아가는구나.
친척들은 남은 슬픔 있을 수 있으나,
타인은 역시 벌써 노래를 부른다.
죽어 가면 무엇을 말하겠는가,
몸을 맡겨 산이나 언덕과 같아지니.

　'輓'(만)이라는 한자는 죽은 사람을 애도한다는 뜻이다. 애도하는 노래는 '만가'(輓歌)이고, 애도하는 시는 '만시'(輓詩)이다. 사람이 죽으면 '만시'를 짓는 것이 관례여서 많은 작품이 있다. 자기가 자기 죽음을 미래 애도한 '자만가'(自輓歌)나 '자만시'(自輓詩)라는 것도 있다.

여기서 든 도연명의 〈만가〉는 이른 시기 작품의 좋은 본보기이면서, 용어에서 특별한 점이 있다. '輓' 대신에 음과 뜻이 같은 '挽'을 사용했다. '만시'인데 '만가'라고 했다. 내용을 보면 '자만가'를 '만가'라고만 했다. 도연명은 죽기 몇 달 전에 이 〈만가〉 세 수를 지었다. 제1수는 납관(納棺), 제2수는 장송(葬送), 제3수는 매장(埋葬)을 다루었다. 자기의 장례절차를 차례대로 그리면서 소감을 말했다. 자기가 죽으면 어떤 생각을 할 것인지 알렸다. 죽은 사람이 자기의 장례가 진행되는 광경을 본다고 하면서 보이는 것을 그렸다. 보면서도 말은 하지 못한다고 하다가, 빛이 없어 보지도 못한다고 제2수에서 말했다. 죽으면 어디로 가는지는 말하지 않고 돌아올 수 없다고 하기만 했다. 죽어서 가 있는 곳은 풀이 거칠고 밤이 계속된다고 말했다. 죽어 묻힌 곳이 황량하고 쓸쓸하다고 제3수에서 거듭 말했다. 제1수에서 한 번 "혼은 흩어져 어디로 가버리고"라고 하기만 하고, 죽은 다음에 신체가 어떻게 되는지 말하기만 했다. 신체가 산이나 언덕과 같아진다고 제3수 말미에서 말했다. 죽어서 다른 곳으로 간다는 말은 전혀 없다. 내세는 전혀 생각하지 않았다.

죽음은 당연하게 받아들여야 하고, 일찍 죽어도 원통해 할 것 없다고 했다. 죽으면 득실이나 시비를 모르고, 죽고 오래되면 영욕을 아는 사람도 없다고 했다. 죽음은 망각의 세계라고 했다. 죽으면 잘나고 못난 것이 소용이 없어지고 누구나 대등하게 된다고 했다. 죽는 것이 불만스럽지 않지만 술을 흡족하게 마시지 못해 한탄스럽다고 술타령을 했다.

대단한 시인이라고 높이 평가되는 도연명이 명성 이전의 모습을 보여주었다. 죽음에 대한 생각이 범속하기만 해서 예사 사람과 다를 바 없는 것을 알게 한다. 사람은 누구나 마찬가지라는 지극히 단순한 사실을 알려주는 것이 시인의 임무가 아닌가?

롱사르Pierre de Ronsard, 〈마지막 시구Les derniers vers〉

Je n'ai plus que les os, un squelette je semble,
Décharné, dénervé, démusclé, dépoulpé,
Que le trait de la mort sans pardon a frappé ;
Je n'ose voir mes bras que de peur je ne tremble.

Apollon et son fils, deux grands maîtres ensemble,
Ne me sauraient guérir, leur métier m'a trompé.
Adieu, plaisant soleil, mon œil est étoupé,
Mon corps s'en va descendre où tout se désassemble.

Quel ami me voyant en ce point dépouillé
Ne remporte au logis un œil triste et mouillé,
Me consolant au lit et me baisant la face,

En essuyant mes yeux par la mort endormis ?
Adieu, chers compagnons, adieu, mes chers amis,
Je m'en vais le premier vous préparer la place.

나는 이제 뼈만 남아, 해골같이 되었다.
살 빠지고, 힘줄 늘어나고, 근육 풀리고, 말랐다.
죽음이라는 짓이 가차 없이 와서 때린다.
몸이 떨려 차마 내 팔을 볼 수 없구나.

아폴로와 그 아들, 두 명의가 함께 와도
내 병을 낫게 하지 못해, 의술이 소용없다.
잘 있어라, 즐거운 태양이여, 내 눈이 감긴다.

내 몸은 모든 것이 흩어지는 곳으로 내려간다.

어느 벗이 육탈(肉脫)하는 이 시점에 나를 보고,
슬픔에 젖어 있는 시선을 집으로는 보내지 못하면서,
누워 있는 나를 위로하고, 내 얼굴에 입 맞춘다.

잠든 듯이 죽어 있는 내 눈을 닦아줄 것인가?
잘 있어라, 다정한 친구들아, 잘 있어라, 다정한 벗들아,
내가 먼저 가서 그대들의 자리를 준비한다.

　프랑스어 시 개척자 롱사르가 일찍이 죽음에 이르는 과정을 이렇게 말했다. 죽게 되는 일은 어쩔 수 없다고 했다. 죽을병이 들어, 명의라고 알려진 고대 그리스 신화의 아폴로(Apollo, Apollon)나 그 아들(그리스에서는 Asklepios, 로마에서는 Esculape)도 구해줄 수 없다고 했다. 흔히 할 수 있는 말을 사려 깊게 해서 격조 높은 시를 이룩하는 본보기를 죽으면서도 보여준 것이 예사롭지 않다.

　비통하지만 차분한 자세로, 자기가 쇠약해져서 죽게 되는 과정을 자초지종 살폈다. 모든 것을 단념하니 여유가 있고 어조가 부드럽다. 즐거운 태양에도, 다정한 벗들에게도 예의를 갖추어 작별을 고하는 것을 잊지 않고, 누가 와서 어떻게 해도 도움이 되지 않는다고 친절하게 일러주었다. 저승에 먼저 가서 남아 있는 사람들을 위한 자리를 마련하겠다고 하면서, 자기가 도리어 위로하는 말을 했다.

릴케Rainer Maria Rilke, 〈시인의 죽음Der Tod des Dichters〉

Er lag. Sein aufgestelltes Antlitz war
bleich und verweigernd in den steilen Kissen,

seitdem die Welt und dieses von ihr Wissen,
von seinen Sinnen abgerissen,
zurückfiel an das teilnahmslose Jahr.

Die, so ihn leben sahen, wussten nicht,
wie sehr er eines war mit allem diesen,
denn dieses: diese Tiefen, diese Wiesen
und diese Wasser waren sein Gesicht.

O sein Gesicht war diese ganze Weite,
die jetzt noch zu ihm will und um ihn wirbt;
und seine Maske, die nun bang verstirbt,
ist zart und offen wie die Innenseite
von einer Frucht, die an der Luft verdirbt.

그는 누워 있다. 일으킨 얼굴
창백하다, 거역한다. 높은 베개 위에서.
세상이나 세상에 관한 지식
관심을 가지지 않고 버려두더니
관여할 수 없게 된 해에 되살아났다.

살아 있을 때 그를 본 사람들은
모르리라, 그가 얼마나 훌륭하게
모든 것들과 일체를 이루었는지.
골짜기, 들판, 물이 그의 모습이었다.

오 그의 모습이던 넓이 전체가
아직도 사이좋게 지내려 하는데,
지금 근심스러운 얼굴로 죽어가는
그는 내부가 부드럽게 열려 있다,
과일이 공기 중에서 썩어가듯이.

　독일 현대시인 릴케는 죽어가는 시인에 관해 이렇게 말했다.

제1연에서 "높은 베개 위에서", "일으킨 얼굴"이라는 말로 죽음이 순종이나 포기는 아니라고 했다. "창백하다, 거역한다"는 표정으로 의사 표시를 한다. "세상이나 세상에 관한 지식 관심을 가지지 않고 버려두더니"라고 한 것은 표면상의 무관심이다. "관여할 수 없는 해"가 되어 죽게 되자, 세상에 대한 관심이 창백하게 거역하는 얼굴에 나타나 죽음이 항변이게 했다.

제2연에서 모든 자연물, 골짜기, 평원, 물 같은 것과 일체를 이루었다고 하는 것이 시인의 세계 인식이고, 시의 세계이다. 예사 사람들은 이에 관해 알지 못한다. 무관심하고 무능해 아무 것도 가지지 않은 듯한 시인이 모든 것을 가진 줄 몰라 얕잡아 본다. 시인이 죽으면서 몰이해와 비방에 항변하는 자세를 보여준다고 했다. 죽음은 항변이기는 해도 무력하지 않는가? 죽음은 허무한 종말이 아닌가? 이런 의문을 예상하고 더욱 진전된 논의를 폈다.

존재는 생성이기도 하고 소멸이기도 하다. 생성의 관점에서 보면 제3연 서두에서 말한 영역 확대가 언제까지든지 계속될 것 같은 생각이 든다. 그것은 시인이 하는 일을 일면에서 살핀 단견이다. 시인은 죽으면서 생성보다 더욱 소중한 소멸에 관해 일깨워준다. 제3연의 결말에서 시인은 죽으면서 "과일이 공기 중에서 썩어가듯이", "내부가 부드럽게 열려 있다"는 말로 소멸에 관해 알려주었다. 죽어 썩어가는 것은 살아 움직이는 것보다 더욱 부드럽게 모든 것을 포용한다고 일깨워주었다.

테니슨Alfred Tennyson, 〈모래톱 넘어가기Crossing the Bar〉

Sunset and evening star
And one clear call for me!
And may there be no moaning of the bar,
When I put out to sea,

But such a tide as moving seems asleep,
Too full for sound and foam,
When that which drew from out the boundless deep
Turns again home.

Twilight and evening bell,
And after that the dark!
And may there be no sadness of farewell,
When I embark;

For though from out our bourne of Time and Place
The flood may bear me far,
I hope to see my Pilot face to face
When I have crossed the bar.

해는 지고 저녁 별
나를 향한 분명한 부름!
모래톱을 넘을 때 신음 소리 없으리라.
내가 바다에 빠지려고 할 때.

잠든 듯이 움직이는 물결
너무 높이 솟아 소리도 거품도 없이,
끝없이 깊은 곳에서 밀려와서
자기 집으로 돌아간다.

황혼과 저녁 종
어두워진 다음.
작별의 슬픔은 없으리라
내가 떠나갈 때.

시간과 공간 경계 너머로
물결이 나를 멀리 데려가더라도,

대인도자와 대면하고 싶다
모래톱을 넘어갈 때.

테니슨은 영국 근대시인이다. 이 시는 다가오는 자기 죽음에 대한 생각을 명확하게 정리해 표현했다. 낮의 육지는 삶, 밤의 바다는 죽음을 상징한다고 했다. 제1연 서두에서 해는 지고 저녁별이 뜨는 것을 보고, 자기를 부르는 분명한 소리가 들린다고 했다. 제1연 후반에서 제3연까지에서, 육지와 바다의 경계를 넘어갈 때 높은 물결이 밀려와 편안하게 데려가기를 바란다고 하면서, 죽음을 편안하게 맞이하고 싶은 소망을 나타냈다. 작별의 슬픔도 없기를 바란다고 했다.

생사를 달관해서 그런 것은 아니다. 고통 없이 가더라도 어디로 가는지 몰라 불안하다. 시인이기에 남달리 깨달은 바가 있는 것도 아니다. 죽음의 문턱을 넘어갈 때 원문에서 대문자를 사용해 "Pilot"라고 한 대인도자와 대면해 불안에서 벗어나고 싶다. 대인도자는 기독교의 구세주이다. 표현이 뛰어나 좋은 시를 썼다고 할 수 있으나, 말하고자 한 바는 범속하다.

죽는다는 사람이 시인이 아니고 예사 사람이다. 시인이라도 예사 사람으로 죽는다고 여기고 쓴 시이다. 위의 든 릴케, 〈시인의 죽음〉에서처럼 별난 생각을 하지는 않았다. 시인은 죽음도 남다르다고 하지 않고, 누구나 당면하는 죽음의 두려움을 달래주는 것이 시인이 할 일이라고 여겼다.

노천명, 〈고별〉

어제 나에게 찬사와 꽃다발을 던지고
우레 같은 박수를 보내주던 인사(人士)들
오늘은 멸시의 눈초리로 혹은 무심히
내 앞을 지나쳐 버린다.

청춘을 바친 이 땅
오늘 내 머리에는 용수가 씌어졌다.

고도에라도 좋으니 차라리 머언 곳으로
나를 보내다오.
뱃사공은 나와 방언이 달라도 좋다.

내가 떠나면
정든 책상은 고물상이 업어갈 것이고
아끼던 책들은 천덕꾼이 되어 장터로 나갈게다.

나와 친하던 이들, 또 나를 시기하던 이들
잔을 들어라. 그대들과 나 사이에
마지막인 작별의 잔을 높이 들자.

우정이라는 것, 또 신의라는 것,
이것은 다 어디 있는 것이냐
생쥐에게나 뜯어 먹게 던져 주어라.

온갖 화근이었던 이름 석 자를
갈기갈기 찢어서 바다에 던져버리련다.
나를 어디 떨어진 섬으로 멀리멀리 보내다오.

눈물어린 얼굴을 돌이키고
나는 이곳을 떠나련다.
개 짖는 마을들아
닭이 새벽을 알리는 촌가(村家)들아
잘 있거라.

별이 있고

하늘이 있고
거기 자유가 닫혀지지 않는 곳이라면.

한국 근대 여성시인 노천명은 자기가 죽으면 어떻게 되는지 예상해서 이 시를 썼다. 말이 왔다 갔다 해서 종잡을 수 없는 듯하지만, 자기의 죽음에 대한 생각이 네 가닥 나타나 있는 것을 가려낼 수 있다. 가벼운 데서 시작해 심각한 데로 나아가는 순서로 정리하고, (가)에서 (라)까지로 지칭한다.

(가) 제4연과 제6연에서 정든 것들을 버리고 떠나니 서운하다고 했다. 흔히 있을 수 있는 생각이다. (나) 제1연에서는 찬사를 보내던 사람들이 "멸시의 눈초리로 혹은 무심히" 죽은 자기 앞을 지나가고, 제6연에서는 죽으면 우정이나 신의가 소용이 없게 된다고 했다. 죽으면 자기가 무시될까 염려해서 한 말이다. (다) 제2연에서는 머리에 "용수"를 쓴 죄인이 되어 떠나간다고 하고, 제7연에서는 "이름 석 자"가 화근이었으므로 찢어서 버리겠다고 했다. 살아 있는 동안 시련을 겪어 원통하다고 했다. (라) 제3연에서는 멀리 가고 싶다고 하고, 제9연에서는 별과 하늘이 있고, "자유가 닫혀지지 않는" 곳으로 가고 싶다고 했다. 죽어서는 어떤 소망이라도 실현하는 자유를 얻고 싶다고 했다.

(가)는 이별에 으레 따르는 소감이다. (나)는 남들과의 관계를 염려하면서 살았음을 말해준다. (다)는 부당한 세상과 맞서다가 피해자가 된 것을 알려주는 심각한 사연이다. (라)는 죽음이 종말이 아니고 해방을 이룩하는 새로운 시작이라는 말이다.

제13장
장례를 위한 당부

던John Donne, 〈장례 The Funeral〉

Whoever comes to shroud me, do not harm
Nor question much
That subtle wreath of hair, which crowns my arm;
The mystery, the sign, you must not touch,
For 'tis my outward soul,
Viceroy to that, which then to heaven being gone,
Will leave this to control
And keep these limbs, her provinces, from dissolution.

For if the sinewy thread my brain lets fall
Through every part
Can tie those parts, and make me one of all,
Those hairs which upward grew, and strength and art
Have from a better brain,
Can better do'it; except she meant that I
By this should know my pain,
As prisoners then are manacled, when they'are condemn'd to die.

Whate'er she meant by'it, bury it with me,
For since I am
Love's·martyr, it might breed idolatry,
If into other hands these relics came;
As 'twas humility
To afford to it all that a soul can do,
So, 'tis some bravery,
That since you would have none of me, I bury some of you.

내게 수의를 입히러 오는 사람은 해를 끼치지 말고,
너무 많이 묻지도 말아라.
내 팔에 감긴 절묘한 머리카락 관,
그 신비, 그 표식을 만지지 말아라.

왜냐하면, 그것은 밖으로 나온 내 영혼이고,
천국에 가서 총독 노릇을 하면서
자기가 다스리는 영역인 내 사지가
분해되지 않게 보존하기 때문이다.

왜냐하면, 나의 뇌가 분리시키는 근육의 실이
모든 부분을 거쳐
그것들을 묶어 모두 하나가 되게 하면,
머리카락 가닥가닥 힘과 재능을 지니고
더 좋은 뇌에서 나와
맡은 일을 더 잘할 것이기 때문이다. 그 여자가
내게 고통을 알도록,
사형수에게 수갑을 채우는 것처럼 하지 않았다면.

그 여자가 무엇을 의도했든, 이것을 나와 함께 묻어다오.
왜냐하면 나는
사랑의 순교자이므로 우상을 양육할 수 있다.
만약 이 유물이 다른 사람의 손에 넘어가면
그것은 굴욕이다,
영혼이 할 수 있는 모든 일을 거기다 맡기는 것은.
그러므로, 이것은 용기이다.
당신이 나를 거들떠보지 않아도, 당신의 한 부분을 매장
　하는 것은.

　영국 근대시인 던이 지은 이 시를 음미하려면 배경을 이해할
필요가 있다. 영국에는 사랑을 이루지 못하고 죽어 사랑의 순
교자가 되었다고 할 때면 특이한 풍속이 있었다. 사랑하던 상
대방에 대한 추억이 될 만한 물건이나 신체의 일부를 구해다가
시신과 함께 매장했다. 사랑하던 사람의 머리카락으로 관을
만들어 팔에 감았다는 것이 그런 말이다.

그러면 시신이 해체되지 않고, 뇌가 더 좋아지고 머리카락이 자랄 것이라고 했다. 성스러운 유물이 다른 사람 손에 들어가지 말게 하라고 했다. 그러면서 사랑하던 사람에게는, 자기를 거들떠보지도 않은 데 반발해 신체의 일부인 머리카락을 자기의 시신과 함께 묻는 것은 용기이고 굴욕이라고 했다.

성스러운 우상 받들기를 창피스럽게 여기는 것이 사랑의 모순이라고 했다고 이해하면 공감할 수 있으나, 기이한 풍속은 낯설기만 하다. "내 팔에 감긴 절묘한 머리카락 관"이라는 구절이 빼어나다고 영국에서 극찬하는 데는 동의하기 어렵다. 시에도 보편성과 특수성 양면이 있는 것이 당연하지만, 특수성에 차질이 생기면 보편성이 온전하지 못하다.

대단한 시인이고 비평가라고 하는 엘리엇(T. S. Eliot)이 〈형이상학적 시인들〉이라는 글에서 시의 으뜸은 영국의 형이상학적 시이고, 그 가운데 이런 것이 최상의 본보기라고 했다. 영문학도들은 이 말을 숭상해 이런 시가 세계시의 정상이라고 한다. 과연 그럴까? 이 책에 수록한 동서고금의 시를 널리 살피면, 그것은 견문 부족에서 말미암은 지나친 평가라고 하지 않을 수 없다.

타무라 류우이찌(田村隆一), 〈입관 (立棺)〉

わたしの屍体を地に寝かすな
おまえたちの死は
地に休むことができない
わたしの屍体は
立棺のなかにおさめて
直立させよ

地上にはわれわれの墓がない
地上にはわれわれの屍体をいれる墓がない

わたしは地上の死を知っている
わたしは地上の死の意味を知っている
どこの国へ行ってみても
おまえたちの死が墓にいれられたためしがない
河を流れて行く小娘の屍骸
殺された小鳥の血　そして虐殺された多くの声が
おまえたちの地上から追い出されて
おまえたちのように亡命者になるのだ

地上にはわれわれの国がない
地上にはわれわれの死に価いする国がない

わたしは地上の価値を知っている
わたしは地上の失われた価値を知っている
どこの国へ行ってみても
おまえたちの生が大いなるものに満たされたためしがない
未来の時まで刈りとられた麦
罠にかけられた獣たち　またちいさな姉妹が
おまえたちの生から追い出されて
おまえたちのように亡命者になるのだ

地上にはわれわれの国がない
地上にはわれわれの生に価いする国がない

나의 시체는 땅에 눕히지 말아라.
너희의 죽음은
땅에서 쉴 수가 없다.
나의 시체는
입관(立棺) 안에 넣어
똑바로 세워라.

지상에는 우리의 무덤이 없다.
지상에는 우리의 시체를 넣을 무덤이 없다.

나는 지상의 죽음을 알고 있다.
나는 지상의 죽음의 의미를 알고 있다.
어느 나라를 가보아도
너희 죽음이 무덤에 들어간 예가 없다.
강물에 떠내려가는 여자아이의 시체,
총살된 작은 새의 피, 그리고 학살된 많은 소리가
너희의 지상에서 쫓겨나
너희처럼 망명자가 되는 것이다.

지상에는 우리의 나라가 없다.
지상에는 우리의 죽음을 알아주는 나라가 없다.

나는 지상의 가치를 알고 있다.
나는 지상의 잃어버린 가치를 알고 있다.
어느 나라에 가보아도
너희의 삶이 위대한 것으로 채워진 예가 없다.
미래의 시간마저 베어진 보리,
덫에 걸린 짐승들, 또 나이 어린 자매가
너희 삶에서 쫓겨나
너희처럼 망명자가 되는 것이다.

지상에는 우리의 나라가 없다.
지상에는 우리의 생을 알아주는 나라가 없다.

일본 현대시인의 작품이다. 〈立棺〉 연작 세 편 가운데 둘째 것을 든다. '立棺'이란 시체를 세워서 넣는 관이다. 시체를 눕혀서 넣는 '寢棺', 앉혀서 넣는 '座棺'이라는 말은 일본어에 있지만, '立棺'이라는 말은 없는 것을 지어냈다. 말이 없는 것은 시체를 세워서 관에 넣는 일이 없기 때문이다. 매장의 관례를 아주 무시하고 죽거든 '立棺'에 넣어달라고 한 것은 반발이다. 죽어서도 편안하게 휴식을 취할 수 없으므로 지상의 무덤을 바라지 못하고, 학살된 새나 짐승, 어린 아이들처럼 혼이 공중에서 떠다녀야 하는 사후 세계의 망명자가 될 수밖에 없다고 했다.

'立棺'에 넣을 사람은 단수이기도 하고 복수이기도 하다. "나"(わたし)라고 하다가 "너희"(おまえたち)라고 하고, "우리"(われわれ)라고도 했다. "나"를 포함한 "너희"를 다른 사람들이 지칭하니 "우리"가 집단의식을 가졌다. "너희"를 폄하하는 쪽에 맞서서 "우리"를 옹호하는 논란을 벌였다. 잃어버린 가치를 되찾고자 하는 노력이 무시되고 "우리"가 망명자가 될 수밖에 없는 사정을 말했다.

"우리"는 어느 집단인가? 시인이라고 이해하는 것이 마땅하다. 어느 나라에서도, 시인은 장례의 관습에 반발하고, 사후에도 휴식을 거부하고, 원통하게 죽은 가련한 생명체들과 함께 혼이 망명자가 되어 떠돌아다니지 않을 수 없다고 했다. 진정한 가치를 말살한 횡포에 대한 시인의 반발이 사는 동안에 관철되지 못해 죽어서 더욱 심각하게 표출될 것이라고 했다.

신석정, 〈만가(輓歌)〉

제1장

아무 말이 없걸랑
숨이 막힌 줄로 알아라.

그대로 아무 말이 없걸랑
숨이 끊어졌다고 생각하라.

이리 하여 내가 영영 떠난 뒤에는
아예 이 욕된 땅에 묻지 말라.

제2장

내 떠난 뒤에도
바람이 가시지 않걸랑

그대로 황량한 벌판에
풍장(風葬)을 하여라.

그래도 피에 주린 짐승들이 있걸랑
관을 맡기기에 인색하지 말라.

　신석정은 한국 현대시인이다. 자기가 죽은 뒤에 장례를 이렇
게 지내달라고 했다. 자기 시신을 욕된 땅에 묻지 말고, 황량
한 벌판으로 가져가 풍장을 하라고 했다. 피에 주린 짐승이 시
신을 먹으려 하거든 인색하게 여기지 말고 내맡기라고 했다.
황량한 벌판이나 피에 주린 짐승들을 나쁘게 여기지 말고 환영
하라고 했다.

　위의 시의 '立棺'은 지어낸 말인데, '風葬'은 실제로 있는 장
례 방식이다. 시체를 바람에 맡겨 썩게 내버려두는 풍장이 서
해의 일부 도서지방에 남아 있다가 금지되어 없어졌다. 풍장
을 하던 곳 가까이 산 시인이 쉽게 떠오르는 발상으로 예사롭
지 않은 발언을 했다. 자기가 죽으면 매장을 하지 말고 풍장을
하라는 것이 세상에 대한 불만의 표출이다.

　죽어서 풍장을 당하고 시신이 짐승에게 먹히는 것이 욕된 땅
에서 벗어나는 해방이라고 여겼다. 살아서는 말하지 못하고 싸
우지 못한 원통함을 죽어서 풀겠다는 말이다. 죽음은 삶의 종
말이 아니고, 삶의 한계를 넘어서는 비약이다. 릴케가 〈시인의
죽음〉에서 고심참담하게 이끌어낸 사연을 시원하게 펼쳤다.

황동규, 〈풍장(風葬)〉

내 세상 뜨면 풍장시켜 다오
섭섭하지 않게
옷은 입은 채로 전자시계는 가는 채로
손목에 달아 놓고
아주 춥지는 않게
가죽 가방에 넣어 전세 택시에 실고
군산(群山)에 가서
검색이 심하면
곰소쯤에 가서
통통배에 옮겨 실어다오

가방 속에서 다리 오그리고
그러나 편안히 누워 있다가
선유도 지나 무인도 지나 통통 소리 지나
배가 육지에 허리 대는 기척에
잠시 정신을 잃고
가방 벗기우고 옷 벗기우고
무인도의 늦가을 차가운 햇빛 속에
구두와 양말도 벗기우고
손목시계 부서질 때
남몰래 시간을 떨어뜨리고
바람 속에 익은 붉은 열매에서 툭툭 튕기는 씨들을
무연히 안 보이듯 바라보며
살을 말리게 해 다오
어금니에 박혀 녹스는 백금 조각도
바람 속에서 빛나게 해다오

바람 이불처럼 덮고

191

화장(化粧)도 해탈(解脫)도 없이
이불 여미듯 바람을 여미고
마지막으로 몸의 피가 다 마를 때까지
바람과 놀게 해 다오.

한국 현대시인 황동규의 〈풍장〉 연작시 가운데 첫째 것이다.
위에서 든 신석정, 〈만가〉(輓歌)와 많이 달라, 이 시에서는 풍
장이 기이하게 생각된다. 풍장에 대해서 언제 어떻게 알았는
지 의문이다. 자기가 죽으면 왜 구태여 멀리까지 가서 풍장을
해달라고 하는지 선뜻 이해되지 않는다. 의문을 해결하려고
하니 말이 길어지지 않을 수 없다.

제1·2연에서 자기가 죽은 시신이 옷을 입고 "전자시계"를
차고 있는 채로 "가죽가방"에 들어가 누워 "전세 택시"에 실려
"군산"으로 가서, 검색이 심하면 "곰소"쯤 가서 통통배에 실
려 무인도에 이르러 풍장에 내맡겨주기를 바란다고 했다. 이
렇게 말한 데 상충되는 진술의 층위가 복합되어 있으므로 구분
해 정리할 필요가 있다. (가) 따옴표에 넣어 적은 것들을 특정
의 사안으로 삼고 현대인의 일상생활에 관해 하는 말을 예사로
운 듯이 이어나갔다. (나) 시신을 관이 아닌 가방에 넣고 영구
차가 아닌 택시로 운반하는 것은 파격이고 탈선이며 범죄로 의
심되어 "검색"의 대상이 될 만했다. (다) 운반되는 시신이 의식
을 잃지 않고 갑갑함을 느끼다가 무인도에 도착해 바람에 내
맡겨져 풍장의 절차에 들어가면 해방되는 소원을 이룬다고 했
다. (가)에 관한 즉물적(卽物的) 서술을 이어나가 (나)가 엽기적
(獵奇的)이지 않은 것처럼 보이게 하고, (다)에서는 비의적(秘
義的) 상상을 하는 듯이 보이게 한다.

(다)에 관한 제3연의 서술을 자세히 살펴보자. "화장(化粧)
도 해탈(解脫)도 없이"라는 말로 장례절차 생략을 바라고 종교
에는 관심이 없다고 했다. "바람"이라는 말을 거듭 사용해, 알
몸이 된 시신이 "몸의 피가 다 마를 때까지 바람과 놀게 해 다

오"라고 했다. 실제의 풍장에서는 시신에 입혀놓는 옷을 다 벗어 알몸이 되었다고 하고, 바람에 내맡겨 풍화작용이 되는 것을 바람과 논다고 했다. 죽은 다음에도 의식이 지속되는 것처럼 말하면서 요구 사항을 말한 것이 타무라 류우이찌, 〈입관〉과 같으면서, 무엇을 왜 요구하는가는 다르다.

거기서는 죽은 뒤에 혼이 원통하게 죽은 가련한 생명체들과 함께 망명자가 되어 떠돌아다니지 않을 수 없어 죽어서도 휴식하지 못하므로 시신을 "입관"에 넣어달라고 했다. 여기서는 시신인 상태로 가방 속에 들어 있어 갑갑했다고 하고, 시계, 옷, 구두, 양말 같은 것들을 모두 벗어버리고 알몸으로 바람에 몸을 내맡겨졌다고 한 것을 예시로 삼았다고 이해되는 구속에서 벗어나 자연과 일체를 이루는 즐거움을 누리고자 해서 "풍장"을 원한다고 했다. 이런 이해가 가능하지만 문제가 남는다.

구속이라고 한 것들의 기본 특징이 무엇이고, 왜 견디기 힘든지 말하지 않아 의문이 생기고 깊이 생각하면 가중된다. 알몸인 육신은 구속이 아닌가? 혼이 있다고 말하지는 않으면서 "몸의 피가 다 마를 때까지 바람과 놀게 해다오"라고 한 것을 어떻게 이해해야 하는가? "몸이 사그라져 바람이 되게 해다오"라고 해야 "풍장"의 의미가 심화되고, 자연과 온전하게 일체를 이루는 것이 아닌가? "있음도 아니고 없음도 아닌 바람은 머무는 곳이 없어 어디라도 갈 수 있지 않는가"라는 말을 덧붙이기까지 한다면 너무 산문적이고, 관심을 가지지 않겠다고 한 해탈로 돌아가지 않을 수 없어 불만인가? 감각을 자랑하는 시에서 깊은 사상을 찾는 시로 나아갈 생각은 없는가?

제14장
죽은 뒤의 소망

하이즈(海子), 〈나는 바란다: 비(我請求: 雨)〉

我請求熄滅
生鐵的光、愛人的光和陽光
我請求下雨
我請求
在夜裡死去

我請求在早上
你碰見
埋我的人

歲月的塵埃無邊
秋天
我請求:
下一場雨
洗清我的骨頭

我的眼睛合上
我請求:
雨
雨是一生過錯
雨是悲歡離合

나는 바란다,
무쇠의 빛, 애인의 빛이나 햇빛이 꺼지기를.
나는 비 오기를 바란다.
나는 바란다.
밤에 죽기를.

나는 죽기를 바란다.
아침에 네가 우연히
나를 묻을 사람과 마주치기를.

세월의 먼지는 끝이 없다.
가을 날
나는 바란다,
한바탕 비가 와서
나의 뼈를 깨끗이 씻기를.

나는 눈을 감는다.
나는 바란다.
비
비는 일생의 실수,
비는 슬픔과 기쁨, 이별과 만남.

하이즈는 젊은 나이에 자살한 중국 현대시인이다. 죽음에 관한 시를 즐겨 써서 이런 작품이 있다. 밤이든 아침이든 어느 때든지 죽기를 바라고, 비가 와서 죽음의 흔적을 다 없애주기를 바란다고 했다. 죽은 뒤에는 흔적마저 없어져야 한다고 생각해 비가 오라고 했다.

그러면서 비는 비 이상의 것이다. 비는 자기 일생의 실수라고 했다. 슬픔과 기쁨, 이별과 만남이라고도 했다. 죽은 흔적을 씻어주기를 바라고 부르는 비가 씻어내야 할 흔적이라는 말이 아닌가? 이것이 무슨 말인가? 죽음의 흔적은 지울 수 없다는 말인가? 오염과 정화는 표리관계에 있다는 말인가?

함형수, 〈해바라기의 비명(碑銘)〉

나의 무덤 앞에는 그 차거운 빗돌을 세우지 말라
나의 무덤 주위에는 그 노오란 해바라기를 심어 달라
그리고 해바라기의 긴 줄거리 사이로 끝없는 보리밭을
  보여 달라

노오란 해바라기는 늘 태양같이 태양같이 하던
화려한 나의 사랑이라고 생각하라
푸른 보리밭 사이로 하늘을 쏘는 노고지리가 있거든
아직도 날아오르는 나의 꿈이라고 생각하라

　함형수는 한국 근대시인이다. 죽은 뒤에 부탁하는 말을 이렇
게 했다. "청년 화가 L을 위하여"라는 부제가 있어, 그 사람이
한다는 말이다. 그 사람이 한다는 말이 자기 말이다.
　제목에 묘비명이라는 말을 내놓고, 해바라기를 묘비명으로
삼으라고 했다. 죽은 뒤의 소원을 말하면서, 무덤에 노오란 해
바라기를 심고, 해바라기 사이에서 끝없이 뻗은 보리밭을 보
여달라고 했다. 하늘에 날아오르는 노고지리 같은 꿈도 지니
고 싶다고 했다. 해바라기, 보리밭, 노고지리는 생명이 싱싱하
게 약동하는 것을 보여준다. 죽어도 죽지 않겠다고 다짐하는
마음을 나타내려고 이 시를 썼다.

신혜순, 〈죽음은 삶의 무게를 견디지 못한다〉

죽음은 무거운 것을 싫어한다
자체의 무게만으로도 무거우므로
되도록 가볍게 가볍게 오라고 한다
나무는 나뭇잎을 떨구어 내고
꽃은 꽃잎을 떨구어 내고
짐승은 아예 제 몸을 먹이로 봉헌하고 죽음을 맞이한다
늙으면 이빨과 머리털이 빠져 나가고
뼈 속에 구멍이 숭숭 뚫리는 이유
되도록 가볍게 가볍게 가야 하기 때문이다
몇 권의 책을 쓰는 일
강연을 하는 일 또한

무거운 생각들을 미리 미리 덜어 내기 위함이다
사람이 늙어가며 말이 많아지는 것은
남은 말을 서둘러 털어 내야 하기 때문이다
생의 말년이 되어 말이 없어지는 것은
남은 말을 모두 털어 냈기 때문이다
죽음은 한 겹의 가벼운 삼베로 옷을 지어 입고도
만약을 위해 초과중의 벌과금을 눈꺼풀 위에 준비해야 한다
최대한 가볍지 않으면 무엇이나 죽음에로 영입될 수 없다
무거운 구름이 비를 쏟은 후 하늘이 파랗게 텅 빈 것은
구름이 죽음에로 옳게 영입되었기 때문이다
삶의 모든 무게를 가볍게 하는
죽음의 힘을 믿고
삶은 무거운 죽음의 무게를 견디어 낸다

신혜순은 한국 현대시인이다. "최대한 가볍지 않으면 무엇이나 죽음에로 영입될 수 없다"고 하는 말로 죽음이 무엇인지 규정했다. 무거운 것은 다 덜어내고 죽음을 맞이해야 한다고 했다. 자기가 하는 저술과 강연은 삶의 무게를 덜어내기 위한 활동이라고 했다.

삶은 무겁고 죽음은 가볍다. 삶은 무거워 힘들고, 죽음은 가벼워 흥겹다. 무거워 힘든 삶에서 벗어나 가벼워 흥겨운 죽음으로 나아가려면 무게를 덜어내는 노력을 해야 한다.

삶과 죽음에 대한 평가를 통념과는 반대가 되게 하는 이런 말은 깊은 통찰의 결과이다.

셰익스피어William Shakespeare, 〈내가 죽거들랑 나를 위해 더 애도하지 말아라No Longer Mourn for Me When I Am Dead..〉

No longer mourn for me when I am dead

Than you shall hear the surly sullen bell
Give warning to the world that I am fled
From this vile world with vilest worms to dwell;
Nay, if you read this line, remember not
The hand that writ it; for I love you so,
That I in your sweet thoughts would be forgot,
If thinking on me then should make you woe.
O, if I say, you look upon this verse,
When I perhaps compounded am with clay,
Do not so much as my poor name rehearse,
But let your love even with my life decay,
Lest the wise world should look into your moan,
And mock you with me after I am gone.

내가 죽거들랑 나를 위해 더 애도하지 말아라.
음울하고 무례한 종소리를 듣는 것 이상으로.
세상에 경고하라, 나는 이 더러운 세상에서
가장 더러운 구더기들과 살다가 떠나갔다고.
이 시를 보고도 쓴 손을 기억하지 말아라.
내가 너를 지극히 사랑하기 때문이다.
너의 감미로운 생각에서 잊어주기를 바란다.
나를 생각하는 것은 너를 슬프게 하기만 한다면.
네가 이 시를 혹시 보게 된다고 해도
나는 이미 흙과 섞여버렸을 것이므로,
나의 변변치 못한 이름 입 밖에 내지 말아라.
너의 사랑도 나의 생명과 함께 썩게 하여라.
잘난 세상이 네가 나를 애도하는 것을 보고
가버린 나를 가지고 너를 조롱하지 않도록.

셰익스피어는 영국의 이름난 극작가이다. 14행시 소네트 연
작으로 서정시도 지었다. 이 작품은 그 가운데 71번째이다. 독
립된 제목이 없어 첫 줄로 제목을 대신한다.

이 시에서 더러운 세상에 대한 반감을 강하게 나타냈다. "가장 더러운 구더기들과 살다가 떠나"간 자기를 애도하지 말고 잊어버리고, 이름을 입 밖에 내지 말라고 했다. 죽어서 시빗거리가 되지 않기를, 자기 때문에 사랑하는 사람이 곤란을 당하지 않기를 바란다고 했다.

셰익스피어가 오늘날은 높이 평가되지만, 창피스럽게 살아야 했던 것을 알 수 있게 한다. 잘난 체하면서 자기를 박해하던 사람들에게 하고 싶은 말을 능청스럽게 둘러서 전하는 방법을 시에서 찾았다. 셰익스피어는 비열한 무리가 하는 짓을 꿰뚫어 보면서 반감을 사지 않고 적절하게 시비하는 표현을 다채롭게 개발한 대단한 작가이다.

로세티Christina G. Rossetti, 〈**노래**Song〉

When I am dead, my dearest,
Sing no sad songs for me;
Plant thou no roses at my head,
Nor shady cypress tree:
Be the green grass above me
With showers and dewdrops wet;
And if thou wilt, remember,
And if thou wilt, forget.

I shall not see the shadows,
I shall not feel the rain;
I shall not hear the nightingale
Sing on, as if in pain;
And dreaming through the twilight
That doth not rise nor set,
Haply I may remember,
And haply may forget.

내가 죽거든, 님이여,
날 위해 슬픈 노래를 부르지 말아요.
머리맡에 장미도 심지 말고,
그늘진 삼나무도 심지 말아요.
내 위에 푸른 잔디가 있어
비와 이슬에 젖게 해주어요.
그리고 기억하려면 기억하고.
잊으려면 잊어요.

나는 그늘도 보지 못하고,
비가 내려도 느끼지 못할 것이에요.
아픈 듯이 울고 있는
나이팅게일 소리도 듣지 못할 것이에요.
날이 새거나 저무는 일 없는
황혼 상태에서 꿈꾸면서,
어쩌면 나는 기억할지도,
그리고 어쩌면 잊을지도 모르겠어요.

　　로세티는 영국 근대 여성시인이다. 〈노래〉라고 하는 평범한
제목을 붙인 시에서 자기의 죽음을 들어 죽음이 무엇인가 말했
다. 평범한 말을 한 것 같은데, 새겨보아야 할 뜻이 있다.
　　제1연에서는 가장 가까운 사람인 님에게, 자기가 죽으면 아
무것도 해줄 필요가 없다고 했다. 원한다면 기억해도 좋고, 잊
어도 좋다고 했다. 제2연에서는 죽은 자기는 아무것도 보지
도, 느끼지도, 듣지도 못하고 "날이 새거나 저무는 일 없는 황
혼 상태에서 꿈꾸고" 있으면서 가장 가까운 사람을 기억할 수
도 있고 잊을 수도 있다고 했다.
　　죽음은 종말이고 망각이므로 미련을 가질 필요가 없고, 의미
를 부여하는 것도 마땅하지 않다고 했다. 너무나도 당연한 사
실을 시인답지 않게 인정했다. 죽음을 두고 온갖 생각을 하면
서 말이 많은 시는 마땅치 않다고 여기도록 했다.

로세티Christina G. Rossetti, 〈기억해다오Remember〉

Remember me when I am gone away,
Gone far away into the silent land;
When you can no more hold me by the hand,
Nor I half turn to go yet turning stay.
Remember me when no more day by day
You tell me of our future that you plann'd:
Only remember me; you understand
It will be late to counsel then or pray.
Yet if you should forget me for a while
And afterwards remember, do not grieve:
For if the darkness and corruption leave
A vestige of the thoughts that once I had,
Better by far you should forget and smile
Than that you should remember and be sad.

나를 기억해다오, 내가 멀리 가거든
멀리 침묵의 나라로 가거든.
내 손을 잡을 수 없게 되고,
내가 중간에서 되돌아올 수 없게 되거든.
나를 기억해다오, 나날을 함께 하지 못하면,
네가 계획한 우리의 앞날을 말해다오.
다만 나를 기억해다오, 너는 알지
충고도 간청도 이미 늦었다는 것을.
네가 만약 나를 잠시 잊었다면
그 뒤에는 기억하고, 슬퍼하지는 말아다오.
어둠이나 부패를 남겨두고 가서
내가 지녔던 생각의 흔적이 되어도,
너는 잊어버리고 미소 짓는 것이 더 나으니
그런 것들을 기억하고 슬퍼하지 말아다오.

로세티의 작품을 하나 더 든다. 죽은 뒤의 일을 당부하는 시를 다르게 지었다. 앞에서는 죽은 뒤에 자기를 잊으라고 하고, 여기서는 기억해달라고 했다. 자기를 기억해달라고 하고, 좋은 기억만 지니고 미소지어달라고 했다.

왜 말이 달라졌는가? 앞의 시는 죽는 나를 위하고, 이 시는 남아 있는 너를 위하는 차이가 있어 말이 달라졌다. 나는 죽음이 종말임을 분명하게 알고 아무 미련도 가지지 않는다고 했다. 내가 죽어도 너는 남으니 나의 죽음이 너에게는 종말일 수 없다. 종말일 수 없어 기억을 하지 않을 수 없으면 좋은 기억만 하라고 했다.

아우스랜더Rose Ausländer, 〈**내가 떠나갈 때**Wenn Ich Vergehe〉

Wenn ich vergehe
wird die Sonne weiter brennen

Die Weltkörper werden sich
bewegen nach ihren Gesetzen
um einen Mittelpunkt
den keiner kennt

Süß duften wird immer
der Flieder
weiße Blitze ausstrahlen der Schnee

Wenn ich fortgehe
von unsrer vergeßlichen Erde
wirst du mein Wort
ein Weilchen
für mich sprechen?

내가 떠나갈 때
태양은 여전히 타오르리라.

천체는 움직이리라,
그 법칙에 따라.
아무도 모르는
중심축을 돌면서.

감미로운 향내를 줄곧 내리라,
라일락은.
흰빛을 보내리라 눈은.

잊기 잘 하는 우리 지구에서
내가 떠나갈 때,
내 말을
잠시 동안
나를 위해 말해주겠느냐?

　독일어로 창작하는 현대 여성시인이다. 여러 나라를 편력해
필명을 '이방인'이라고 했다. 자기를 내세우지 않고 하고 싶은
말을 잔잔하게 하는 시를 썼다.
　내가 죽어도 세상에는 아무 일도 없으리라고 했다. 비관이
아닌 낙관의 관점에서 죽음을 예사롭지 않은 일이라고 한 것만
은 아니다. 천지가 운행하고 자연이 변천하는 과정에서 나의
죽음은 너무나도 사소한 일이므로 조금만 위로해주면 된다고
했다. 시인이라는 이유에서 자기가 대단하다고 내세우면서 거
창한 말을 하는 것을 부끄럽게 여기도록 한다.

제15장
죽음은 나쁘지 않아

원매(袁枚), 〈만시를 독촉하는 시(催輓詩)〉

久住人間已去遲
行期將近自家知
老夫未肯空歸去
處處敲門索輓詩

臘盡春歸又見梅
三才萬象總輪回
人人有死何須諱
都是當初死過來

세상에 오래 머물러 떠나기 늦었구나.
갈 때가 가까운 것을 스스로 아노라.
늙은이가 빈손으로 갈 수 없어서,
곳곳에서 문 두드리며 만시를 찾는다.

섣달 끝나고 봄이 오니 매화 다시 보네.
천지간 만물이 모두 다 윤회를 하니,
사람마다 죽는다는 것 어찌 숨기리.
이 모두 애초에 죽음을 거쳐 왔도다.

　　중국 청나라 시인 원매의 '자만가'(自輓歌)가 널리 알려져 있
다. 서두에서 "人生如客耳 有來必有去 其來旣無端 其去亦無
故"(인생은 나그네 같아, 오면 반드시 가나니, 올 때 조짐이 없었
듯이 갈 때에도 까닭이 없다)라고 했다.
　　원매는 만시를 독촉하는 이 시 〈최만시〉(催輓詩)도 지었다.
〈최만시〉는 죽음에 임박한 자기를 위해 다른 사람들에게 만시
를 지어달라고 독촉하는 시이다. 모두 네 수인데, 첫째 수와
넷째 수를 든다.
　　첫째 수 전반부에서 자기가 죽어서 세상을 떠날 때가 된 줄
안다고 한 것은 있을 수 있다. 둘째 수에서 빈손으로 갈 수는

없어 여러 사람이 자기를 위해 만시를 지어달라고 독촉하러 다닌다고 한 것은 예사롭지 않다. 죽은 다음에 지을 만시를 미리 지으라고 하고, 독촉을 자기가 맡는다고 하는 이중으로 어처구니없는 말을 농담을 하듯이 쉽게 했다. 죽음이 삶의 종말이 아니고 한 과정인 것처럼 여겨 그렇게 한 것이다.

넷째 수에서는 겨울이 가고 봄이 와서 꽃이 피는 것을 들어 천지만물이 모두 다 윤회를 한다는 보편적인 원리를 말했다. 그 원리를 사람의 생사에 적용해 넷째 수의 앞줄에서 누구나 죽는다는 것은 다른 사람도 할 수 있는 말이다. 다음 줄에서 "이 모두 처음에는 죽음을 거쳐 왔도다"라고 한 것은 차원을 높인 발상이어서 깊이 생각해야 이해된다. 봄이 와서 핀 꽃뿐만 아니라 천지만물이 모두 죽음을 거쳐 삶을 이룩했다는 것을 명시해 삶과 죽음은 둘이 아니므로 죽는다고 슬퍼할 것은 아니라는 것을 암시했다. 불교의 생사관에 입각해 죽음을 편안하고 초탈한 경지에서 받아들이도록 했다.

이양연(李亮淵), 〈**자만시**(自輓詩)〉

一生愁中過
明月看不足
萬年長相對
此行未爲惡

한 평생 근심 속에서 지내고,
밝은 달 보기는 부족했다.
만년 동안이나 오래 상대하겠나,
지금 가는 길이 나쁘지 않다.

한국 조선후기 시인 이양연은 자기 죽음을 애도하는 시에서 이렇게 말했다. 밝은 달은 근심과 반대가 되는 즐거움이고, 시

를 써서 추구한 이상이다. 밝은 달 보기는 부족해도 미련을 가
지지 말자. 만년 동안이나 이 세상을 상대하고 살 것은 아니
다. 아쉬움이 많지만 죽는 것이 나쁘지 않다고 했다.

신동엽, 〈어느 해의 유언〉

뭐….
그리 대단한 거
못 되더군요

꽃이 핀 길가에
잠시 머물러 서서

맑은 바람을
마셨어요

모여 온 모습들이 곱다 해도
뭐 그리 대단한 거
아니더군요

없어져
도리하며
살아보겠어요

맑은 바람은 얼마나 편안할까요

　신동엽의 이 시에서는 죽음이 더 가벼워졌다. 제1연에서 삶
이 대단할 것 못되니 죽음은 대단할 것 더 못된다고 말했다.
잠시 살다가 떠나는 죽음이 홀가분하다고 했다. 제5연 "없어
져/ 도리하며 살아보겠어요"라고 하면서 죽음이 또 하나의 삶
210

이라고 했다. "도리하며"는 "모두 차지하며"라는 말이겠으며, 생략된 목적어는 죽음이 아닌가 한다. 제6연에서는 죽음이 편안할 것이라는 기대를 나타냈다.

어떻게 해서 이런 생각을 했는지 의문이 아닐 수 없다. 삶이 너무 힘들어서 미련을 버리자는 것인가? 죽음을 즐겁게 맞이할 만큼 달관한 경지에 이르렀는가? 어떤 깨달음이 있어 생사의 무게를 가볍게 받아들이는가?

헤세Hermann Hesse, 〈모든 죽음All Tode〉

Alle Tode bin ich schon gestorben,
Alle Tode will ich wieder sterben,
Sterben den hölzernen Tod im Baum,
Sterben den steineren Tod im Berg,
Irdenen Tod im Sand,
Blätternen Tod im knisternden Sommergras
Und den armen, blutigen Menschentod.

Blume will ich wieder geboren werden,
Baum und Gras will ich wieder geboren werden,
Fisch und Hirsch, Vogel und Schmetterling.
Und aus jeder Gestalt
Wird mich Sehnsucht reißen die Stufen
Zu den letzten Leiden,
Zu den Leiden des Menschen hinan.

O zitternd gespannter Bogen,
Wenn der Sehnsucht rasende Faust
Beide Pole des Lebens
Zueinander zu biegen verlangt!
Oft noch und oftmals wieder
Wirst du mich jagen von Tod zu Geburt

Der Gestaltungen schmerzvolle Bahn,
Der Gestaltungen herrliche Bahn.

모든 죽음을 나는 이미 겪어보았다.
모든 죽음을 나는 다시 겪어볼 것이다.
수목에서는 나무의 죽음을,
산악에서는 돌의 죽음을,
사막에서는 모래의 죽음을,
소란한 초원에서는 풀의 죽음을,
그리고 가련하고, 피에 젖은 인간의 죽음을.

꽃이 되어 나는 다시 태어날 것이다.
나무와 풀이 되어 나는 다시 태어날 것이다.
물고기, 사슴, 새, 그리고 나비.
이들 갖가지 모습에서
그리움이 나를 밀어 올릴 것이다.
마지막 고뇌에까지
인간 고뇌의 계단에까지.

떨리면서 당긴 활이여,
그리움이라는 분노의 주먹이
삶의 양극을
서로 맞서게 굽히려 한다면!
때때로 여러 번 다시
너는 나를 죽음에서 소생으로 내몰 것이다.
고통에 찬 형성의 길로,
즐거운 형성의 길로.

　독일의 소설가이고 시인인 헤세는 이 작품에서 죽음 총론이
라고 할 것을 마련하려고 했다. 시인은 죽음을 겪는 것을 직분
으로 삼는다. 인간의 죽음이 다른 생물체나 온갖 무생물의 죽

음과도 연결되어 있는 것을 알고 모든 죽음을 체험하는 것이 시 창작의 길이다. 시인 자신의 죽음에서 시가 완결된다. 죽음은 죽음으로 끝나지 않는다. 죽음이 소생이다. 죽어야 살아난다. 죽음의 시련을 겪지 않고 소생할 수 없어, 죽음이 소생이다. 죽음을 체험해야 소생을 체험한다. 시인의 죽음에서 시는 완결되어 소생한다. 말하고자 한 바를 이렇게 간추릴 수 있다.

그러면서 특별히 주목할 것이 있다. 제2연에서 "그리움이 나를 밀어 올릴 것이다"라고 하고, 제3연에서는 "그리움이라는 분노의 주먹"이라고 했다. "그리움"이 시인을 움직이게 해서, 죽음과 소생, 고통과 즐거움을 경험하게 하는 동력이라고 했다. 분리되어 있던 세계를 끌어당겨 자아와 하나가 되게 하는 것이 그리움이므로 동력을 지녔다고 할 수 있다. 동력이 너무 세차게 작용해 위협이 될 수 있으므로 "분노하는 주먹"이라고 했다.

제3연 서두의 "떨리면서 당긴 활이여"라고 한 말은 시간을 일컬었다고 이해된다. "너는"이라고 한 것은 "활"이고 시간이다. 시간의 경과가 죽음과 소생, 고통과 즐거움을 체험하게 한다고 말했다. 그리움이 "분노하는 주먹"이 되어 죽음과 소생, 고통과 즐거움이 "서로 맞서게 굽히려 한다면" 삶의 양극 체험이 촉진된다고 했다.

죽음이 소생이고 소생이 죽음이며, 고통이 즐거움이고 즐거움이 고통인 것은 누구나 인식할 수 있는 삶의 실상이고 존재의 본질이다. 시인은 그리움이라는 동력을 남다르게 지니고 있어, 양극이 하나임을 강렬하게 체험해 시로 나타낸다. 인간의 죽음과 소생이 다른 생물체의 죽음뿐만 아니라 온갖 무생물의 죽음과도 연결되어 다르지 않다는 것을 체험하게 하는 것도 그리움이라는 동력의 작용이다. 이런 견해를 갖추어 천지만물 죽음 총론이 소생 총론이게 했다.

던John Donne, 〈죽음이여, 뽐내지 말아라Death, Be Not Proud〉

Death, be not proud, though some have called thee
Mighty and dreadful, for thou art not so;
For those whom thou think'st thou dost overthrow
Die not, poor Death, nor yet canst thou kill me.
From rest and sleep, which but thy pictures be,
Much pleasure; then from thee much more must flow,
And soonest our best men with thee do go,
Rest of their bones, and soul's delivery.
Thou art slave to fate, chance, kings, and desperate men,
And dost with poison, war, and sickness dwell,
And poppy or charms can make us sleep as well
And better than thy stroke; why swell'st thou then?
One short sleep past, we wake eternally
And death shall be no more; Death, thou shalt die.

죽음아 뽐내지 마라, 어떤 이들은 너를
힘세고 무섭다고 하지만, 그렇지 못하다.
네가 쓰러뜨렸다고 여기는 이들도 죽지 않았다.
가련한 죽음아, 너는 나를 죽이지 못한다.
너의 그림일 뿐인 휴식과 잠에서도
많은 즐거움을 얻으니, 너라면 훨씬 환영하리라.
최상의 인물들이라도 너와 함께 빨리 가리라,
육신의 휴식과 영혼의 해방을 얻으려고,
너는 운명, 우연, 국왕, 막돼먹은 녀석들의 노예,
독약, 전쟁, 질병과 더불어 사는 녀석이다.
마약이나 마법도 네가 어루만지는 것보다 더 잘
우리를 잠들게 할 수 있는데, 너는 왜 뽐내는가?
잠시 동안 잠이 지나가면, 우리는 마침내 깨어나
더 죽어 있지 않아, 죽음아 너는 죽을 것이다.

죽음을 "너"라고 불러 의인화하고, 만만한 상대로 만들어 여러 말을 둘러대면서 최대한 격하했다. (가) 죽음은 두렵지 않다. 휴식을 얻기 위해 죽음을 즐겨 맞을 것이니 죽음이 뽐내지 말라고 했다. (나) 죽음은 위대한 존재가 아니다. 운명, 우연, 국왕, 막돼먹은 녀석들의 노예이다. 독약, 전쟁, 질병의 동거자이다. 마약이나 마법과 같은 짓을 한다. 이렇게 말했다. 죽게 되는 이유는 경우에 따라서 갖가지로 다르므로 죽음이라고 총칭해야 할 것이 따로 없다고 했다. (다) 얼마 동안 잠자듯이 죽었다가 다시 깨어난다. 사람은 죽지 않고, 죽음이 죽는다고 했다.

(가)에서는 죽음을 두려워하지 말자고 하는 심리적 위안을 말했다. 누구나 할 수 있는 말이다. (나)에서는 죽음의 양상을 말했다. 아무리 조심해도 피할 수 없이 죽게 만드는 것들이 여기저기 무수히 많다는 것을 알고, 죽음이 뜻밖의 일이라고 여기지 말자고 했다. 죽게 만드는 것들에 (a) 운명과 우연 같은 불가항력, (b) 국왕이나 막돼먹은 녀석들 같은 횡포한 가해자, (c) 독약, 전쟁, 질병은 직접적인 요인, (d) 마약이나 마법 같은 간접적인 요인이 포함된다. 험악한 세상에 살고 있어서, 이 모두를 피할 길은 없다고 했다. (다)에서는 부활을 믿는 기독교 신앙에 의해 죽음을 부정했다. 죽음을 부정하고 "죽음아 너는 죽을 것이다"라고 했다.

죽음과의 싸움에서 말로는 이긴 것 같다. 죽음은 말이 없어 반론을 제기하지 않는 것을 승리한 증거로 삼았다. 그러나 죽음은 죽음이다. 정체를 알고 적절하게 대응하면 두려움을 줄일 수 있다는 것을 죽음과 싸워 이겼다고 뽐내는 것은 잘못이다.

제16장
갈 길을 찾아 간다

김윤성, 〈울타리〉

울타리를 없애고 나니
참으로 시원하다
환히 트인 들녘은
다 나의 정원

하루 종일 사람 그림자도 없어
시원하다

나마저 가고 나면
얼마나 더 시원할까

　　김윤성은 한국 현대시인이다. 이 시에 "시원하다"는 말이 세
번 나온다. 트인 공간이 "시원하다"고 했다. 시야를 가리는 것
이 없어 좋다는 말이다. 사람 그림자도 없어 "시원하다"고 했
다. 남들과의 얽힘이 없어 좋다는 말이다. "나마저 가고 나면
얼마나 더 시원할까"라고 한 것은 "시원하다"고 느끼는 주체인
자기마저 없어지면 시야를 가리고 얽힘을 만드는 존재가 아주
사라진다는 말이다. 열반적정(涅槃寂靜)의 경지가 어떤지 알려
준다.

감태준, 〈다음 역(驛)〉

어느 날 엔진 꺼지고
바퀴 영영 멎는 곳
어둠 속에서 홀로 고철덩어리로 녹스는
거기가 어딘지 모르지만
단풍 구경 가면서 나를 불러주는

아름다운 한 사람이 있으면
나는 이제 그의 혼을 타고 가리라

감태준은 한국 현대시인이다. 엔진이 꺼지고 바퀴가 멎어 고철덩어리로 녹스는 기계와 같이 되고 죽게 된다고 실감 나는 비유를 생각해냈다. 그러면서 사람은 기계가 아니어서 몸이 멈추어도 혼이 있어 어딘지 모를 곳으로 가야 한다는 말을 덧붙였다.

어디로 어떻게 가는지 몰라 헤맬 필요는 없다. 단풍 구경하는 듯이 불러주는 아름다운 사람이 있으면 가는 길이 즐겁고, 그 사람의 혼을 타고 가면 길을 잃지 않는다. 이렇게 생각하고 안심을 한다. 그 사람이 누구인가? 한 사람이라고 했으니 벗은 아니다, 먼저 가 기다리는 사랑하는 님인가, 가까이 와서 이끌어주는 종교적인 구원자인가?

허형만, 〈이제 가노니〉

이제 가노니,
본시 온 적도 없었듯
티끌 한 점마저 말끔히 지우며
그냥 가노니

그동안의 햇살과
그동안의 산빛과
그동안의 온갖 소리들이
얼마나 큰 신비로움이었는지

이제 가노니,
신비로움도 본시 한바탕 바람인 듯

그냥 가노니

나로 인해 눈물 흘렸느냐
나로 인해 가슴 아팠느냐
나로 인해 먼 길 떠돌았느냐
참으로 무거운 인연 줄이었던 것을

이제 가노니,
허허청청 수월(水月)의 뒷모습처럼
그냥 가노니

　한국 현대시인 허형만은 죽음의 길을 담담하게 가겠다고 했다. 온 적이 없는 것처럼 가지 않는 듯이 간다고 했다. 온갖 신비로움을 한 바탕 바람으로 누리고 후회할 것이 없이 간다고 했다. 눈물 흘리고 가슴 아파하게 하던 무거운 인연 줄을 다 벗어놓고 떠난다고 했다. 물에 비친 달, 그것도 앞모습이 아닌 뒷모습처럼 흔적 없이 가겠다고 했다.

　앞의 시에서처럼 몸이 작동을 멈추자 혼이 움직인다고 하지는 않았다. 누가 도와준다고 한 것도 아니다. 깨달을 것을 스스로 깨달아 막힘이 없고 마음이 가볍다. 있다느니 없다느니, 온다느니 간다느니 하고 분별을 하지 않으니 거동이 자유스럽고 흔적이 남지 않는다.

휘트맨Walt Whitman, 〈거룩한 죽음의 속삭임Whispers of Heavenly Death〉

Whispers of heavenly death murmur'd I hear,
Labial gossip of night, sibilant chorals,
Footsteps gently ascending, mystical breezes wafted soft and low,
Ripples of unseen rivers, tides of a current flowing, forever flowing,

(Or is it the plashing of tears? the measureless waters of
　　　　human tears?)

I see, just see skyward, great cloud—masses,
Mournfully slowly they roll, silently swelling and mixing,
With at times a half—dimm'd sadden'd far—off star,
Appearing and disappearing.

(Some parturition rather, some solemn immortal birth;
On the frontiers to eyes impenetrable,
Some soul is passing over.)

거룩한 죽음이 속삭이는 소리를 나는 듣는다.
밤의 입술에서 나오는 중얼거림, 마찰음을 내는 합창.
우아하게 내려오는 발자국, 부드럽고 낮게 감도는 신비한
　　　　미풍,
보이지 않는 강의 잔 물결, 흘러가는, 영원히 흘러가는
　　　　조류.
(또는 그것은 눈물이 떨어지는 소리인가, 헤아릴 수 없이
　　　　흐르는 사람의 눈물인가?)

나는 본다, 하늘 저쪽에서 거대한 구름덩이,
슬픈 듯이 천천히 굴러가고, 조용히 팽창하고 뭉친다.
때때로 반쯤 어슴푸레, 멀리 떨어져 슬퍼하는 별이
나타나고 사라진다.

(오히려 어떤 출산, 엄숙하고 영원한 탄생;
눈으로는 볼 수 없는 영역으로
어느 영혼이 넘어간다.)

　휘트맨은 미국 근대시인이다. 이 시에서 죽음이 거룩하다고
했다. 거룩한 죽음이 다가오는 모습을 가까이서 살펴보고 듣는

듯이 말하려고 했다. 죽음은 바람이 불고 강물이 흐르는 듯이 다가온다고 묘사했다. 사람이 살고 죽는 것은 구름덩이가 뭉쳤다가 흩어지고, 별이 나타났다가 사라지는 것과 같다고 했다. 죽으면 사라지지 않고 새로운 탄생으로 이어진다고 했다.

사람은 위대한 존재이다. 거대한 자연의 이치를 구현하고 있어 위대하다. 죽음이 닥쳐온다고 해서 비탄에 잠기는 것은 무얼 모르고 하는 어리석은 짓이니 그만두어야 한다. 이런 말을 하지 않고서 일러준다.

로런스D. H. Lawrence, 〈**죽음의 배**The Ship of Death〉

Build then the ship of death, for you must take
the longest journey, to oblivion.

And die the death, the long and painful death
that lies between the old self and the new.

Already our bodies are fallen, bruised, badly bruised,
already our souls are oozing through the exit
of the cruel bruise.

Already the dark and endless ocean of the end
is washing in through the breaches of our wounds,
Already the flood is upon us.

Oh build your ship of death, your little ark
and furnish it with food, with little cakes, and wine
for the dark flight down oblivion.

이제 죽음의 배를 건조해라,
망각을 향해 가장 긴 여행을 떠나야 한다.

그리고 죽음을, 낡은 자아와 새로운 자아
사이의 괴로운 죽음을 겪어야 한다.

이미 우리의 몸은 넘어져, 심하게 멍들었다.
이미 우리의 넋이 참혹하게 멍든 곳을
출구로 삼아 새어 나오고 있다.

이미 종말의 어둡고 무한한 바다가
상처가 터진 곳으로 밀려들고 있다.
이미 만조가 우리를 덮친다.

오, 너는 죽음의 배를, 작은 방주를 건조해라.
음식, 약간의 과자와 술을 싣고
망각을 향한 검은 항해를 준비하라.

　　　　　　　*

　로런스는 영국 근대작가이고 시도 지었다. 〈죽음의 배〉라는 것
이 1에서 10까지 번호가 붙어 있는 열 수 연작인데, 그 가운데 5
번을 든다. 죽음의 괴로움에서 벗어나려면 죽음을 미리 생각하
고 준비해야 한다는 것을 죽음의 배를 건조하라는 말로 했다.
　죽은 사람이 배를 타고 망각의 바다로 간다는 것이 오랜 신
앙이다. 죽음의 신이 그 모든 절차를 관장한다고 여겼다. 이
시에서는 신을 믿지 않고, 죽은 다음의 항해만 가져와서 비유
로 삼는다. 배를 건조하고 음식을 싣고 "망각을 향한 검은 항
해를 준비하라"는 것은 죽음이 다가오는 것을 알고 마음의 준
비를 단단하게 하자는 말이다.

제17장
죽음을 넘어설 것인가

세우(世愚), 〈**임종게**(臨終偈)〉

生本不生
滅本不滅
擦手便行
一天明月

출생은 출생이 아니고,
죽음도 죽음이 아니네.
손 뿌리치고 문득 가니,
하늘에는 밝은 달이네.

　불교의 승려들은 죽음을 가볍게 여기고 죽음이 아니라고도
한다. 중국 원말·명초의 고승 세우가 세상을 떠나면서 부른
〈임종게〉가 좋은 본보기이다. 자기가 지금 당하고 있는 죽음
이 죽음 아니라고 하면서 출생 또한 출생이 아니었다고 했다.
세상과 작별하고 죽음을 향해 가는 모습을 "손 뿌리치고 문득
가니"라고 하고, 죽음이 종말이 아니므로 "하늘에는 밝은 달이
네"라고 했다.

임제(林悌), 〈**자만**(自挽)〉

江漢風流四十春
淸名嬴得動時人
如今鶴駕超塵網
海上蟠桃子又新

강물을 벗 삼아 풍류를 즐긴 지 사십 년
깨끗한 이름을 가득 얻어 사람들을 감동시켰네.
이제 학이 끄는 수레를 타고 세상풍진 벗어나면,
신선들이 사는 바다 위의 반도 열매가 새롭겠네.

한국 조선중기 시인 임제는 자기 죽음에 관해 이렇게 말했다. 잘 지내다가 떠나가 더 좋은 곳으로 간다고 했다. 시인으로 영광을 누리다가 도가의 이상세계로 간다고 했다. '반도'는 삼천 년에 한 번 열린다는 선약이며 먹으면 오래 산다고 한다.

토마스Dylan Thomas, 〈죽음의 지배를 받지 않으리라And Death Shall Have No Dominion〉

And death shall have no dominion.
Dead man naked they shall be one
With the man in the wind and the west moon;
When their bones are picked clean and the clean bones gone,
They shall have stars at elbow and foot;
Though they go mad they shall be sane,
Though they sink through the sea they shall rise again;
Though lovers be lost love shall not;
And death shall have no dominion.

And death shall have no dominion.
Under the windings of the sea
They lying long shall not die windily;
Twisting on racks when sinews give way,
Strapped to a wheel, yet they shall not break;
Faith in their hands shall snap in two,
And the unicorn evils run them through;
Split all ends up they shan't crack;
And death shall have no dominion.

And death shall have no dominion.
No more may gulls cry at their ears
Or waves break loud on the seashores;
Where blew a flower may a flower no more

Lift its head to the blows of the rain;
Though they be mad and dead as nails,
Heads of the characters hammer through daisies;
Break in the sun till the sun breaks down,
And death shall have no dominion.

죽음의 지배를 받지 않으리라.
죽은 사람은 알몸이라 하나가 되리라.
바람이나 서쪽 달에 있는 사람과도.
골라내 씻은 뼈다귀마저 사그러지면
팔꿈치나 발에 별이 뜨리라.
미쳤더라도 미치지 않고,
바다에 빠졌더라도 솟아오르고,
연인을 잃어도 사랑은 잃지 않을 것이다.
죽음의 지배를 받지 않으리라.

죽음의 지배를 받지 않으리라.
굽이치는 바다 아래 오래 누웠어도
바람에 사라지듯 죽지는 않으리라.
고문대에서 뒤틀려 힘줄이 끊어져도,
바퀴에 묶여도, 부서지지는 않으리라.
저들의 손에서 신앙이 두 동강나도,
일각수의 악행이 관통해 지나가도,
모든 것이 망가져도, 깨어지지는 않으리라.
죽음의 지배를 받지 않으리라.

죽음의 지배를 받지 않으리라.
이제는 갈매기들이 귓전에서 울지 않고,
파도가 해안에 부딪쳐 소리내지도 않으리라.
꽃이 날려가 꽃이라고는 없는 곳에서
꽃 머리가 비를 맞으면서 쳐들리라.

미쳐서 완전히 죽어버리더라도
사람들 머리가 아름다운 꽃 속에서 쿵쿵거리고,
해가 질 때까지 해에 끼어들리라.
죽음의 지배를 받지 않으리라.

 딜란 토마스는 웨일즈 출신의 영국 시인이다. 죽음에 관한 생각을 길게 피력하는 이런 시를 지었다. 내용이 복잡해 설명이 많이 필요하다.
 "And Death Shall Have No Dominion"이라는 시 제목은 《로마서(Romans)》 6장 9절 "and death hath no more dominion over him(그리고 사망이 그를 주장하지 못한다)"에서 따왔다. 예수가 죽은 다음에 부활한 것은 먼저 말하고 말을 이어 "and"라는 접속사가 있다. 예수를 뜻하는 "him(그를)"은 버리고 "Shall"을 넣었다. "그리고"를 앞세우면 어색해 〈죽음의 지배를 받지 않으리라〉라고만 번역하기로 한다.
 설명이 있어야 이해되는 대목이 여럿 있다. 죽은 사람은 "알몸"이 된다는 것은 살면서 지닌 모든 것을 버린다는 뜻이다. 구별되는 특징이 없어서 누구와도 같다는 것을 "하나가 된다"고 했다. 그 범위가 "바람이나 서쪽 달에 있는 사람"에게까지 이르러 자연과 합치되는 경지를 공유한다고 했다. 육신이 사그라져도 혼이 남아 있어 저 멀리 별들 가까이까지 갈 것이라고 했다. 살아서 원통한 사정이 있으면 죽은 다음에는 풀리리라고 했다. "unicorn(일각수)"는 신화에 나오는 신이한 동물이며, 예수나 하느님을 상징하기도 한다. 그런 일각수가 악행을 저지른다는 것은 있을 수 없는 일이어서 극단적인 상황을 말한다. 극단적인 상황에서 죽게 되어도 죽음의 지배를 받지는 않으리라고 했다. "미쳐서 완전히 죽어버리더라도 사람들 머리가 아름다운 꽃 속에서 쿵쿵거리고"라고 한 대목은 설명이 필요하다. 원문에서는 "daisy"라는 꽃 이름을 말했는데 생소하고 우리말 번역이 없으므로 "아름다운 꽃"이라고 했다. 죽은 사람이 정처 없이 떠돌다가 아름다운 꽃으로 나타나려고 안에서 쿵쿵거릴 것이리라고 상상했다.

문제의 구절을 모두 이해한다고 해도 시 전체에 대한 의문은 해소되지 않는다. 왜 이런 시를 지었는가? 이런 시를 지어 무엇을 말하려고 했는가? 죽음으로 모든 것이 끝난다는 것은 너무나도 원통하다. 이 말을 "죽음의 지배를 받아 아무것도 없게 될 수는 없다"로 바꾸고, "죽음의 지배를 받지 않으리라"로 간추렸다. 죽으면 형체가 없어지는 자유를 누려 살아서는 이루지 못한 소망을 이룰 수 있다고 해서 위안을 받고자 했다. 기독교에 의거해 내세를 말한 것은 아니다. "일각수의 악행"을 말한 것은 기독교에 대한 불신이다. 불멸의 영혼이 있어 업보를 받는다는 것과는 더욱 거리가 멀다. 불행하거나 원통하게 죽으면 죽어도 죽지 않는다고 시인 특유의 사고방식으로 이런저런 상상을 펼쳐보였다. 떠돌고 붙고, 뒤집히고 바뀌고 하는 것들을 초현실주의 그림에서처럼 보여주었다.

이 시는 죽음에 대한 생각이 릴케, 〈시인의 죽음〉과 흡사하다. 양쪽 다 죽음이 모든 것을 지배하는 종말이 아님을 종교에 근거를 두지 않고 말했다. 릴케는 시인의 죽음을 알리면서, 딜란 토마스는 죽음에 대한 생각을 나타내면서 이렇게 말해, 시인이 죽음에 대해 무엇을 할 수 있는지 밝혔다. 시인은 죽음을 넘어서는 초인도 아니고, 사후 세계에 대해서 알려주는 설교자도 아니다. 시인은 예민한 감수성으로 건강을 해쳐 죽음 가까이 가 있는 경우가 흔히 있다. 릴케는 51세, 딜란 토마스는 39세에 병사했다.

죽음이 죽음만일 수 없다는 것을 절감하고, 죽으면 뒤집히고 바뀌는 것들을 상상해 그려내는 것을 임무로 삼았다. 상상이 타당한가 하고 물으면 어리석다. 남긴 말이 시인 자신의 죽음에 관해서는 너무나도 절실한 의미를 지닌다고 애독자들은 받아들인다. 위대한 시인은 죽음 세계의 수문장이라고 신도들은 인정한다.

타고르Rabindranath Tagore, 〈죽음Death〉

O thou the last fulfilment of life,
Death, my death, come and whisper to me!

Day after day I have kept watch for thee;
for thee have I borne the joys and pangs of life.

All that I am, that I have, that I hope and all my love
have ever flowed towards thee in depth of secrecy.

One final glance from thine eyes
and my life will be ever thine own.

The flowers have been woven
and the garland is ready for the bridegroom.

After the wedding the bride shall leave her home
and meet her lord alone in the solitude of night.

그대, 삶의 마지막 도달점인,
죽음이, 나의 죽음이 내게 다가와 속삭인다.

날이면 날마다 나는 그대를 기다리면서,
그대를 위해 나는 삶의 기쁨도 슬픔도 간직했다.

나의 존재, 소유, 희망, 사랑이 모두
그대를 위해 은밀하고 깊은 곳에서 꽃피었다.

그대가 마지막으로 나를 바라보니
나의 삶은 영원히 그대의 것이 된다.

꽃을 엮어 꽃다발을 만들어
신부가 되기 위한 준비를 했도다.

결혼식을 마치면 신부는 자기 집을 떠나
신랑하고만 외로운 밤에 만난다.

  인도의 근대시인 타고르는 죽음에 관해서 이렇게 말했다. 죽
음이 다가와서 하는 말을 듣고 죽음에 대해 알게 되었다고 했
다. 죽음은 복된 일이어서 신부가 신랑을 맞이하듯이 맞이하
자고 했다.

  소박한 발상을 쉬운 말로 나타내서 긴 말을 할 것이 없지만,
발상의 근거를 조금 생각해볼 필요는 없다. 삶과 죽음은 둘이
아니다. 삶이 죽음이고 죽음이 삶이다. 살면 죽고 죽으면 산
다. 이런 연쇄과정이 있어 죽음이 다가오는 것은 당연한데, 별
난 일로 여기고 피하려고 하고, 피하도록 해달라고 기원을 하
는 것은 어리석다.

  어리석음을 시비 거리로 할 필요는 없다. 죽음을 맞이하는
것은 신부가 신랑을 맞이하는 것과 같다고 말해 어리석음에서
벗어나게 하면 된다. 이런 배경은 나타내지 않고 아름답게 이
어지는 말만 했다.

천상병, 〈귀천(歸天)〉

나 하늘로 돌아가리라.
새벽빛 와 닿으면 스러지는
이슬 더불어 손에 손을 잡고,

나 하늘로 돌아가리라.
노을빛 함께 단 둘이서
기슭에서 놀다가 구름 손짓하면은,

232

나 하늘로 돌아가리라.
아름다운 이 세상 소풍 끝내는 날,
가서, 아름다웠더라고 말하리라...

　한국 현대시인 천상병은 자기 죽음에 관해 이렇게 말했다. 죽음은 대단한 것이 아니라고 하는 정도를 넘어서서 즐겁다고 했다. 특정 종교를 배경으로 하지 않고, 시인으로 살아가면서 스스로 깨달은 바를 말했을 따름이다. 죽으면 하늘로 돌아간다는 통상적인 언사를 새삼스럽게 절실한 의미를 지니게 활용하고, 풍경 묘사에 지나지 않는 것 같은 몇 마디 말에 많은 것을 함축했다.

　제1연에서는 이슬처럼 덧없는 지상의 삶을 끝내고 새벽빛을 받는 영광을 누리면서 하늘로 돌아가겠다고 했다. 제2연에서는 구름으로 덧없음을, 노을빛으로 영광을 말했다. 제3연에서는 이 세상의 삶이 잠시 동안의 소풍이라고 하고, 소풍이 아름다웠다고 천상에 돌아가 말하겠다고 했다. 천상에서 누구를 만나 그런 말을 하겠다고 한 것은 아니고, 암시를 한 것도 없다. 이 세상의 삶은 오래 지속되지 않는 것이 당연하다고 하느라고 소풍을 왔다고 하고, 죽음이 모든 것의 종말이 아님을 말하려고 하늘로 돌아간다고 했다.

　이 시를 지은 천상병은 실제로 어렵고 힘들게 살았다. 그런데도 아름다운 마음씨를 지녀 모든 것이 아름답게 보였다. 아름다운 마음씨를 나누는 것을 시인의 소임으로 삼았다. 죽음마저 아름답다고 해서 그 소임을 최대한 완수했다. 죽음을 부정적으로 보지 않고 긍정적인 의의를 찾고자 하는 것이 공통되게 나타나는 시인의 일관된 과제이다. 천상병도 이에 참여해 아주 높은 경지를 보여주었다.

제18장
묘비명: 단형

데흐멜Richard Dehmel, 〈묘비명Epitaph〉

Eignes Leid und fremde Klage,
einst ist Alles schöne Sage.

원래의 고뇌와 닥쳐온 비탄
언젠가는 모두 아름다울 말

　독일 근대시인 데멜의 묘비명이다. 유럽에는 묘비명을 시로
쓰는 오랜 전통이 있고, 들어 살필 만한 작품이 많다. 짧고 단
순한 것에서 시작해 길고 복잡한 것으로 나아가기로 하고 이것
을 첫째 본보기로 든다.

　자기 무덤에 새겨두라고 쓴 묘비명이 아주 짧다. 무엇을 하
고 어떤 작품을 썼던지 두 줄로 간추려 말했다. 시인은 스스로
고뇌를 지니고 있으면서 닥쳐오는 비탄을 감당하느라고 쓴소
리를 하면서 일생을 보냈다. 그러나 그것이 모두 언젠가는 아
름다운 말일 것이니 즐겁게 받아들이라고 묘비를 읽을 사람들
에게 말했다.

　자기 묘비명을 시로 쓰는 시인이 많다. 장차 다가올 죽음을
생각하며 자기 삶을 마무리하는 말을 묘비명 시에다 적는다.
묘비명으로 자기의 일생을 정리한다. 묘비명을 최고의 작품이
게 하려고 한다.

릴케Rainer Maria Rilke, 〈묘비명Epitaph〉

Rose, oh reiner Widerspruch,
Lust,
Niemandes Schlaf zu sein
unter soviel Lidern.

장미, 오 순수한 모순이여,

즐거움이여,
다른 어느 사람도 잠들지 못했다,
그렇게 많은 눈꺼풀 아래에서.

릴케의 묘비명도 묘비에 새기라고 쓴 것이어서 짤막하다. 자기가 무엇을 하고 어떤 작품을 썼던가를 간추려 말한 것도 같다. 그러면서 하는 말은 아주 다르다. 시 창작과는 관련이 없을 것 같은 장미에 관한 말만 했다.

릴케는 장미를 아주 좋아했다. 장미를 좋아해 장미에 관한 시를 많이 쓰고, 장미를 자기 시 세계의 상징으로 삼았다. 장미는 외형이 아름다우면서 가시가 있어 모순을 지닌 것이 즐거움이다. 그 모순이 모순의 전형이라고 여겨 "순수한"이라는 말을 붙였다. 장미는 순수함과 함께 다양함도 갖추었다. "눈꺼풀"이라고 묘사한 외형 아래에 수많은 지혜로운 눈이 있다. 이런 발상을 최대한 말을 줄여 나타냈다.

김종, 〈묘비명〉

나는 꽃잎 한 장보다 작았지만
세상의 꽃잎들이 웃어 주었다

감사하다.

한국 현대시인 김종의 묘비명은 이렇다. 보잘 것 없는 자기가 많은 사랑을 받고 잘 지내다가 간다고 짧게 말했다. 삶이 즐겁고 죽음 또한 즐겁다고 했다. 이런 묘비명을 지나는 사람들이 보면 얼마나 흐뭇할까?

박재화, 〈다시 묘비명〉

나를 받아주지 않고
내가 삼키지도 못한
세계
그 어지러운 세계와
씨름하던 시간들을
여기 내려놓다.

　한국 현대시인 박재화의 묘비명은 위에서 든 김종의 묘비명
보다 말이 몇 마디 더 되고 말하고자 하는 바가 상이하다. 자
기를 받아주지 않고 자기가 삼키지도 못한 어지러운 세계와 씨
름을 하던 시간을 내려놓는다고 했다. 삶이 힘들어 죽는 것이
다행이라고 했다.

뮈세Alfred de Musset, 〈묘비명Épitaphe〉

Mes chers amis, quand je mourrai,
Plantez un saule au cimetière.
J'aime son feuillage éploré.
La pâleur m'en est douce et chère
Et son ombre sera légère
A la terre où je dormirai.

다정스러운 벗들이여, 내가 죽거든
내 무덤에 버드나무를 하나 심어다오.
눈물 젖은 그 가지를 내가 좋아하고,
창백한 그 빛이 내게 부드럽고 정다우리.
그 그림자가 가볍게 드리우겠지,
내가 잠들어 있는 땅 위로.

프랑스 낭만주의 시인 뮈세의 묘비명이다. 이 시인은 다정스러운 관계를 소중하게 여겼다. 살아서 다정스럽게 지내던 벗들에게 무덤에 버드나무를 심어 가까이할 수 있게 해달라고 했다. 버드나무의 눈물 젖은 가지, 창백한 빛, 가벼운 그림자는 자기와 같은 심정을 지닌 벗이고 연인이다. 죽음은 삶의 연장이고, 살아서 충분히 이루지 소망을 실현하는 기회라고 했다.

하우스만Alfred Edward Housman, 〈묘비명An Epitaph〉

Stay, if you list, O passer by the way;
Yet night approaches; better not to stay.
I never sigh, nor flush, nor knit the brow,
Nor grieve to think how ill God made me, now.
Here, with one balm for many fevers found,
Whole of an ancient evil, I sleep sound.

멈추어라, 네가 원하면, 지나가는 이여,
그러나 밤이 다가오니, 멈추지 않는 것이 좋다.
나는 한숨짓지도, 얼굴을 붉히지도, 이마를 찡그리지도
　않는다.
고약한 신이 나를 이렇게 만들었다면서 이제는 슬퍼하지
　도 않는다.
여기 온갖 열병, 지난날의 모든 악을 치유해주는
향유를 바르고, 나는 깊이 잠들어 있다.

하우스만은 영국 근대시인이다. 지나가는 사람이 작기 무덤에 써놓은 이 묘비명을 보라고 했다. 자기는 어떤 불만도 없이 편안하게 잠들어 있다고 했다. 묘비명의 실제적인 기능을 활용하면서 자기는 마음이 너그럽고 편안한 사람이라고 알려주었다.

피롱Alexis Piron, 〈나의 묘비명Mon épitaphe〉

Ci GIT… Qui ? Quoi ? Ma foi, personne, rien.
Un, qui vivant, ne fut Valet, ni Maître :
Juge, Artisan, Marchand, Praticien,
Homme des champs, Soldat, Robin, ni Prêtre :
Marguillier, même Académicien,
Ni Frimaçon. Il ne voulut rien être,
Et vêquit nul : en quoi certes il fit bien ;
Car après tout, bien fou qui se propose,
Venu de rien, & revenant à rien,
D'être en passant ici bas quelque chose !

Pour le soulagement des mémoires, & pour le mieux, j'ai cru
devoir réduire cette Épitaphe à deux Vers.

CI GIT, PIRON, qui ne fut rien,
Pas même Académicien.

여기 잠들어 있다… 누가? 정말, 아무 것도 아닌 자
살아서 종도 상전도,
판사도 기술자도 상인도 의사도,
농부도 군인도 법관도 신부도 아닌 자,
교회 집사도, 아카데미 회원조차도 아닌 자,
사회단체 동지도 아닌 놈이다. 아무것도 바라지 않고
아무것도 되지 않았다. 그렇게 하기를 잘 했다.
왜냐하면, 무엇보다도, 미친놈이니까.
무(無)에서 나와서 무로 돌아가면서
이 세상을 지나는 동안에 무엇을 하다니!

기억하게 쉽게 이 묘비명을 두 줄로 요약하는 것이
좋으리라고 생각한다.

240

> 여기 피롱이 잠들어 있다. 아무 것도 되지 않고
> 아카데미 회원조차도 아닌 자.

  프랑스 18세기 문인 피롱이 쓴 자기의 묘비명이다. 일생을 빈정대는 어투로 정리했다. 여러 직업과 직종을 열거하면서 자기는 그 가운데 아무 것도 하지 않았다고 했다. "아카데미 회원조차도 아닌" 것이 특기할 사항이라고 했다. "무(無)에서 나와서 무로 돌아가면서" 이 세상을 지나는 동안에 무엇을 하려는 자는 미친놈이라고 하고, 자기는 아무 것도 하지 않기를 잘 했다고 했다.

  시인은 직분이 없다고 하고, 그 때문에 한탄하지 않고 오히려 자랑스럽게 여겼다. 시를 짓는 것은 일이라고 하지 않고, 아무 것도 하지 않기를 잘 했다고 했다. 그러면서 아카데미 회원이 아닌 것은 원통하게 여겼다. 아카데미 회원으로 선발되었으나 음란한 작품을 지었다는 이유로 국왕이 거부해 뜻을 이루지 못한 내력이 있었다. 자기는 아무 것도 하지 않아 다행이라고 하면서 아카데미 회원이 되는 영예를 바라는 당착된 태도를 보였다.

정민호, 〈어느 시인의 묘비〉

이 세상 왔다 가는데
무슨 묘비가 필요한가,

봄에는 진달래 산천
그것이면 족하지 않나?

여름에는 흰 구름 산을 넘고
그 하늘만 바라보면 그것으로 족하지

가을에 단풍 들어 나뭇잎 지면
산들바람 불어 먼 산을 돌아 나가고,

겨울엔 흰 눈 내려 가지마다 꽃인데
그 꽃만 바라보면 되는 것을,

돌에 새겨 둔 몇 자의 글귀가
영원히 잠자는 시인에게 무슨 소용 있으랴

　　정민호는 한국 현대시인이다. 묘비가 필요하지 않다는 말로
묘비를 적었다. 모든 것이 만족스러워 더 할 말이 없다고 했
다. 더 할 말이 없다는 것을 조금 길게 말했다.

제19장
묘비명: 장형

이황李滉, 〈자찬묘갈명(自撰墓碣銘)〉

生而大癡
壯而多疾
中何嗜學
晚何叨爵
學求猶邈
爵辭愈嬰
進行之路
退藏之貞
深慙國恩
亶畏聖言
有山嶷嶷
有水源源
婆娑初服
脫略衆訕
我懷伊阻
我佩誰玩
我思古人
實獲我心
寧知來世
不獲今兮
憂中有樂
樂中有憂
乘化歸盡
復何求兮

태어나자 크게 어리석고,
자라면서 병이 많았다.
중년에 학문을 좋아하고,
나중에 어찌 벼슬했나.
학문은 갈수록 멀어지고,
벼슬은 마다해도 많아지네.
앞으로 나아가기 어려워,

물러나 은거하기를 뜻하네.
나라의 은혜에는 부끄러우나,
성현의 말씀 참으로 두렵네.
산은 있어 높고 높고,
물이 있어 흐르고 흐르네.
예전 옷으로 편안히 지내며,
뭇 비방에서 벗어났네.
그리운 분 멀리 있으니,
나의 패옥 누가 알아주리.
내가 고인을 생각하니
내 마음과 맞는구나.
어찌 오는 세상에서
오늘의 마음을 모른다 하리.
근심 속에 즐거움이 있고,
즐거움 속에 근심이 있네.
조화를 좇아 사라지니
다시 무엇을 구하리오.

이황은 한국 조선시대 성리학자이며 시인이기도 했다. 자기의 묘갈(墓碣)에 새길 글을 이런 말로 스스로 작성했다. 묘갈은 무덤 앞에 세우는 둥그스름한 작은 비석이다.

벼슬을 버리고 산천에 은거하는 것이 성현의 가르침이고, 고금의 선비가 함께 취할 도리라고 했다. 산 높고 물 흐르는 고향으로 돌아와 예전에 입던 옷을 입고 편안하게 지내면서 벼슬할 때 듣던 뭇 비방에서 벗어났다고 했다. "그리운 분 멀리 있으니, 나의 패옥 누가 알아주리"는 임금을 떠나 멀리 왔으므로 어떤 지위에 있었던지 알 바 없다는 말이다. "근심 속에 즐거움이 있고, 즐거움 속에 근심이 있네"라고 하니 마음이 편안하다. 천지만물의 조화를 좇아 죽음을 맞이하니 더 바랄 것이 없다고 했다.

네르발 Gérard de Nerval, 〈묘비명 Épitaphe〉

Il a vécu tantôt gai comme un sansonnet,
Tour à tour amoureux insoucieux et tendre,
Tantôt sombre et rêveur comme un triste Clitandre.
Un jour il entendit qu'à sa porte on sonnait.

C'était la Mort ! Alors il la pria d'attendre
Qu'il eût posé le point à son dernier sonnet ;
Et puis sans s'émouvoir, il s'en alla s'étendre
Au fond du coffre froid où son corps frissonnait.

Il était paresseux, à ce que dit l'histoire,
Il laissait trop sécher l'encre dans l'écritoire.
Il voulait tout savoir mais il n'a rien connu.

Et quand vint le moment où, las de cette vie,
Un soir d'hiver, enfin l'âme lui fut ravie,
Il s'en alla disant : "Pourquoi suis-je venu ?"

그는 찌르레기처럼 즐겁게 살기도 했다.
걱정 없이 사랑하기도 하고 부드럽기도 했다.
우울해지다가 클리탕드르처럼 슬픈 몽상가이기도 했다.
그러던 어느 날 문에서 소리가 나는 것을 들었다.

그것은 죽음이다! 그래서 기다려달라고 빌었다,
마지막으로 지은 소네트에 점을 찍을 수 있도록.
그러고는 마음의 동요가 없이, 가서 누웠다,
차가운 관 밑바닥에, 거기서 몸을 떨었다.

그는 게을렀다고, 역사가 말해준다.
필기도구 상자 속 잉크가 마르도록 내버려두었다.

모든 것을 알려고 했으나 아는 것이 없다.

삶에 지쳐 있을 때 마침내 그 순간이 왔다.
어느 겨울날 저녁에 혼이 유괴 당하게 되었다.
가면서 말했다. "내가 왜 왔는가?"

　네르발은 프랑스 낭만주의 시인이다. 이 시에서 제3자의 죽음을 말한다고 하고서 자기 자신에 대해 성찰했다. 이 시에서 자기가 겪어온 삶, 창조, 환멸, 매혹 등을 최상의 심상을 갖추어 나타냈다고 평가된다. 클리탕드르(Clitandre)는 코르네이유(Pierre Corneille) 비극 작품의 주인공이다. 가련한 인물의 본보기이다.

　즐겁게 살았든 슬픔에 잠겼든 죽음이 찾아오는 것은 마찬가지라고 했다. 예상하지 않던 죽음은 어느 날 문득 찾아온다고 하고 세 가지 죽음에 대해 말했다. 죽음은 육신이 움직이지 못하고 관 속에 들어가 눕게 한다. 죽음은 시인이 작품 창작을 더 하지 못하게 하고 지적 활동에 종말을 고하게 한다. 게을러 잉크가 마르게 했다고, 모든 것을 알려고 했으나 아는 것이 없다고 한탄해도 소용없다. 죽음은 혼을 유괴해가는 것으로 완결된다.

　마지막으로 "내가 왜 왔는고?"라고 한 것이 주목할 만한 말이다. 이 말은 "죽음의 세계로 왜 왔는고?"라고 이해하면 어쩌다가 죽게 되었는가 하고 묻는 것이다. 죽음에는 이유가 없는데 이유를 묻는 것은 적합하지 않다. "이 세상에 왜 왔는고?"라고 이해해야 깊은 뜻을 알 수 있다. 죽게 되자 이 세상에 왜 태어나서 무엇을 했던지 되돌아본다고 했다. 죽는 것은 당연하지만 세상에 온 보람이 있게 살지 못한 것이 아쉽다고 했다.

뷔용François Villon, 〈묘비명, 교수형을 당한 사람들의
노래Épitaphe, la ballade des pendus〉

Frères humains, qui après nous vivez,
N'ayez les coeurs contre nous endurcis,
Car, si pitié de nous pauvres avez,
Dieu en aura plus tôt de vous mercis.
Vous nous voyez ci attachés, cinq, six :
Quant à la chair, que trop avons nourrie,
Elle est piéça dévorée et pourrie,
Et nous, les os, devenons cendre et poudre.
De notre mal personne ne s'en rie ;
Mais priez Dieu que tous nous veuille absoudre !

Se frères vous clamons, pas n'en devez
Avoir dédain, quoique fûmes occis
Par justice. Toutefois, vous savez
Que tous hommes n'ont pas bon sens rassis.
Excusez−nous, puisque sommes transis,
Envers le fils de la Vierge Marie,
Que sa grâce ne soit pour nous tarie,
Nous préservant de l'infernale tarie.
Nous sommes morts, âme ne nous harie,
Mais priez Dieu que tous nous veuille absoudre !

La pluie nous a débués et lavés,
Et le soleil desséchés et noircis.
Pies, corbeaux nous ont les yeux cavés,
Et arraché la barbe et les sourcils.
Jamais nul temps nous ne sommes assis
Puis çà, puis là, comme le vent varie,
A son plaisir sans cesser nous charrie,
Plus becquetés d'oiseaux que dés à coudre.
Ne soyez donc de notre confrérie ;

Mais priez Dieu que tous nous veuille absoudre !

Prince Jésus, qui sur tous a maistrie,
Garde qu'Enfer n'ait de nous seigneurie :
A lui n'ayons que faire ne que soudre.
Hommes, ici n'a point de moquerie ;
Mais priez Dieu que tous nous veuille absoudre !

우리 뒤에 살고 있을 인간 형제들이여,
냉혹한 마음으로 우리를 대하지 말아달라.
가여운 우리에게 동정심을 가진다면,
신이 곧 그대들에게 자비를 베풀 것이다.
그대들이 보다시피 여기 대여섯씩 매달려,
너무 많이 먹어 불어나게 했던 살이
오래 전에 이미 헤어지고 썩어버리고,
우리 해골이 재나 먼지가 되고 있다.
누구도 우리의 불운을 비웃지 말고,
우리가 용서받도록 모두 기도해다오.

그대들을 형제라 부른다고 멸시하지 말아라,
우리가 비록 법에 따라 처형되었어도.
그대들은 알고 있으리라, 사람이 누구나
상식을 확고하게 지니기만 하지 않은 것을.
용서해주게나, 우리는 이미 죽었으니.
성모님의 아들을 향해 기원해다오
우리에게 베푸시는 은총이 마르지 않도록.
지옥의 벼락에서 우리를 지켜주시도록.
우리는 죽었으니 누구도 괴롭히지 말고,
우리가 용서받도록 모두 기도해다오.

비가 우리를 씻고 닦아 주고,

햇빛은 말리고 검게 해준다.
까막까치는 우리 눈을 파내고,
수염과 눈썹까지 쪼아댄다.
우리는 잠시도 조용히 있지 못한다.
이리 저리 다니며 모습을 바꾸는 바람이
우리를 제 멋대로 끌고 다닌다.
새들이 쪼아 먹은 꼴이 골무보다 더 사납다.
우리 같은 패거리가 되지 않기 바라고,
우리가 용서받도록 모두 기도해다오

모든 것을 주관하시는 왕자 예수여,
지옥이 우리를 덮치지 않도록 지켜주소서.
그곳에서 해야 할 일도 거래할 것도 없으며,
사람들이여 이 말은 비웃을 것이 아니다.
우리가 용서받도록 모두 기도해다오.

　　15세기 프랑스 시인 뷔용이 남긴 것으로 알려진 묘비명이
다. 〈교수형을 당한 사람들의 노래〉라는 부제가 있다. 살인죄
를 짓고 도망 다니다가 잡혀 교수형을 당하게 된 자기 자신과
동료들이 하는 말로 묘비명 시를 지었다. 사람은 누구나 극단
적인 상황에 처할 수 있으니 남의 불운을 보고 비웃지 말아 달
라고 했다. 교수형을 당하지 않는다고 해도 죽지 않는 것은 아
니다. 누구나 겪어야 하는 최후의 본보기를 보여주었다.

킹 크림슨King Crimson, 〈묘비명Epitaph〉

The wall on which the prophets wrote
Is cracking at the seams.
Upon the instruments of death
The sunlight brightly gleams.

When every man is torn apart
With nightmares and with dreams,
Will no one lay the laurel wreath
As silence drowns the screams?

Confusion will be my epitaph.
As I crawl a cracked and broken path
If we make it we can all sit back and laugh.
But I fear tomorrow I'll be crying!
Yes, I fear tomorrow I'll be crying!
Yes, I fear tomorrow I'll be crying!

Between the iron gates of fate,
The seeds of time were sown,
And watered by the deeds of those
Who know and who are known.

Knowledge is a deadly friend
If no one sets the rules.
The fate of all mankind I see
Is in the hands of fools.

The wall on which the prophets wrote
Is cracking at the seams.
Upon the instruments of death
The sunlight brightly gleams.

When every man is torn apart
With nightmares and with dreams,
Will no one lay the laurel wreath
As silence drowns the screams.

Confusion will be my epitaph.
As I crawl a cracked and broken path

If we make it we can all sit back and laugh.
But I fear tomorrow I'll be crying!
Yes, I fear tomorrow I'll be crying!
Yes, I fear tomorrow I'll be crying!

Crying! Crying!
Yes, I fear tomorrow I'll be crying!
Yes, I fear tomorrow I'll be crying!
Yes, I fear tomorrow I'll be crying!
Crying!

예언자들의 말이 씌어 있는 벽이
이음새에서 금이 가고 있네.
죽음의 도구들 위에
햇볕이 밝게 빛나고 있네.

모든 사람이 악몽을 꾸면서
갈갈이 찢길 때에,
어느 누구에게 월계관을 씌울 건가?
적막이 비명을 삼켜버리고 나면.

혼돈이 나의 묘비명이 될 것이야.
내가 금이 가고 망가진 길을 기어가,
할 수 있다면, 우리는 앉아서 웃을 수 있겠지.
하지만 내일이 두려워. 난 울 거야.
그래, 내일이 두려워. 난 울 거야.
그래, 내일이 두려워. 난 울 거야.

운명의 철문 사이에
시간의 씨앗은 뿌려졌고
알고 알려진 사람들의
행위가 물을 주었네.

지식은 죽음을 불러오는 친구,
만약 아무도 규칙을 정하지 않는다면,
나는 안다, 인류의 운명이
바보들의 손 안에 있을 것을.

예언자들의 말이 씌어 있는 벽이
이음새에서 금이 가고 있네.
죽음의 도구들 위에
햇볕이 밝게 빛나고 있네.

모든 사람이
악몽과 꿈으로 괴로워할 때
침묵이 외침을 삼켜버릴 때
어느 누구도 조화를 놓지 않을 것인가?

혼돈이 나의 묘지명이 될 것이야.
내가 금이 가고 망가진 길을 기어가,
할 수 있다면, 우리는 앉아서 웃을 수 있겠지.
하지만 내일이 두려워. 난 울 거야.
그래, 내일이 두려워. 난 울 거야.
그래, 내일이 두려워. 난 울 거야.

으앙! 으앙!
그래, 내일이 두려워. 난 울 거야.
그래, 내일이 두려워. 난 울 거야.
그래, 내일이 두려워. 난 울 거야.
으앙!

킹 크림슨은 1858년 영국 런던에서 결성된 록 음악 악단
(rock band)이다. 전쟁에 반대하고 핵무기의 철폐를 주장하는
진보적인 운동을 한다. 이 노래 〈묘비명〉을 지어 부르면서 인

류의 종말을 경고했다.

예언자들이 내놓은 위대한 가르침은 손상되고, 핵전쟁을 일으키는 "죽음의 도구들"이 빛나는 시대가 되었다고 했다. "인류의 운명이 바보들의 손안에" 들어 있는 것을 경고하고, 내일이 두려워 운다고 했다. 멸망을 앞둔 인류의 묘비명을 지어 불렀다.